ZOO COSMIQUE

BOULE DE NUIT

Ouvrage dirigé par Charlotte Volper
Conception graphique : Studio Flammarion Jeunesse et Anne-Claire Monnier

87, quai Panhard et Levassor - 75647 Paris Cedex 13
ISBN : 978-2-0812-8649-8 / N° d'édition : L.01EJEN000929.N001
Loi n° 49-956 du 16 juillet 1949 sur les publications destinées à la jeunesse.

TEXTE DE
JÉRÔME NOIREZ

ILLUSTRATIONS DE
MAYA MIHINDOU

ZOO COSMIQUE

BOULE DE NUIT

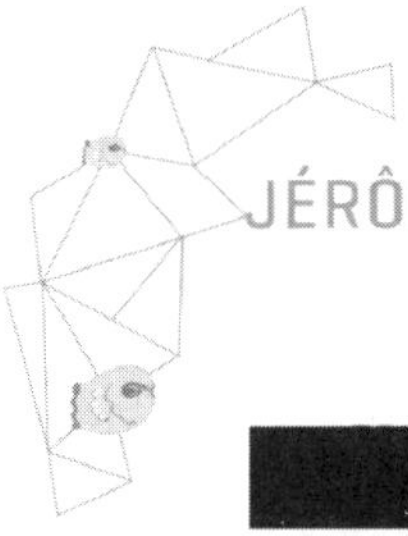

Flammarion

Si vous êtes originaire de la planète communautaire MI-67-b, nous vous rappelons que toute lecture autre que celle du *Livre des 700 vérités* du prophète Belkastrelka vous est strictement interdite. En vertu des lois interplanétaires sur l'édition pour la jeunesse, en particulier des articles 94673-a et 94673-b, le présent ouvrage se transformera dans 60 secondes en une boule de plasma. Pour plus de sécurité, nous vous conseillons de mettre à profit ce délai pour vous éloigner d'au moins 14 kilomètres.

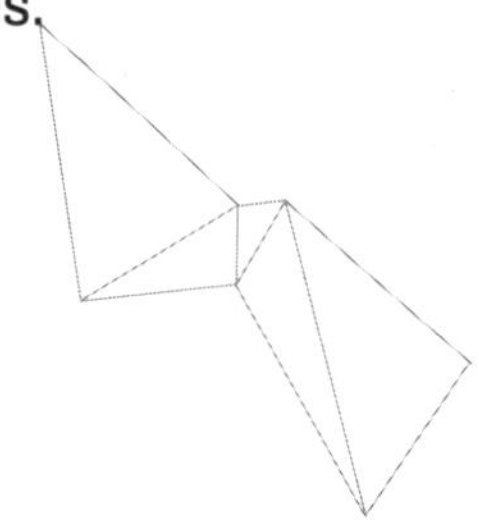

1

Allongée sur sa couchette, Zita regarde des tuyaux. La jeune fille, qui aura douze ans dans quelques mois et sera, selon la loi terrienne, majeure, n'a rien trouvé de mieux à faire pour s'occuper.

Il faut dire qu'il y a énormément de tuyaux sur le vaisseau de transport *Grafit III*. Et de toutes sortes : des mous, des rigides, des droits, des coudés, des transparents qui glougloutent et s'agitent, des froids, couverts de givre, des brûlants sur lesquels il ne faut pas poser la main, des tièdes, des « qui ont des fuites » — il y en a justement un au-dessus de la tête de Zita —, des « un peu radioactifs, mais pas trop », etc.

D'ailleurs, la jeune fille se demande si le vaisseau n'est pas entièrement constitué de tuyaux ; comme une grosse pelote de laine filant à travers le cosmos.

Voyager dans un vaisseau spatial... C'est tellement nul ! Depuis que l'on sait bondir instantanément d'une planète à l'autre en utilisant les « vers », plus personne ne fait ça. C'est long, bruyant, on est exposé à des radiations, on risque de percuter des météorites, de mourir asphyxié ou bien gelé, et les WC sont sales.

Zita est de très mauvaise humeur. D'abord, parce qu'un tuyau goutte sur sa tête ; elle espère juste que ce n'est pas une canalisation des toilettes. Ensuite, parce que le dernier gadget qu'elle s'est implanté dans le corps, dans la main pour être précis, ne fonctionne pas comme prévu. Le *Nailzap Deluxe* était censé transformer ses ongles en écrans de télévision ; au lieu de cela, le bout de ses doigts clignote comme une guirlande de Noël. À la longue, c'est énervant ; d'autant qu'elle n'arrive pas à le désactiver.

Enfin, il y a cette impression, qui ne la quitte plus depuis plusieurs jours, que quelqu'un l'observe constamment. Comme une présence invisible qui la suivrait partout. Elle en a parlé à son père quand ils se trouvaient encore sur leur planète. Celui-ci a haussé les épaules et lui a dit : « Évidemment qu'il y a une présence invisible qui te suit partout. C'est GOCO, le Grand Ordinateur Cosmique Omniscient. Tu sais bien qu'il est dans chaque molécule qui nous entoure. » Zita s'est énervée : « Il ne s'agit pas de molécules, Papadoc, mais d'une présence, une PRÉSENCE ! comme un fantôme... » Son père s'est énervé à son tour. Et ils sont partis bouder, elle dans sa chambre, lui dans son laboratoire vétérinaire.

Zita espérait que ce « fantôme » la laisserait au moins tranquille dans le vaisseau spatial. Mais elle le sent toujours à ses côtés, dans la cabine, dans les couloirs quand elle se rend à la cantine pour prendre ses repas, même quand elle se lave sous la douche ionique.

Tandis qu'elle se morfond sur sa couchette et observe la formation d'une gouttelette sur un tuyau en inox, elle a une fois encore l'impression de ne pas être seule. Malgré les bruits du moteur, il lui semble percevoir une respiration.

La gouttelette se détache et lui tombe sur le front.

« Crottozut ! » lâche Zita avant de se redresser et de se cogner contre une valve qu'on croirait posée là dans le seul but que les gens s'y assomment.

J'en ai marre ! Papadoc, pourquoi tu as accepté cette mission débile ? Alors qu'on devait partir faire du ski nautique sur les océans de méthane d'Acrux-3-c...

Une boule de poils avec un long museau et un petit bout de queue se faufile entre ses pieds. C'est un hamster de Burg, un mammifère inoffensif, mais qui ne peut s'empêcher de démonter tout ce qu'il trouve. Le vaisseau en est envahi. C'est sans doute pour cela qu'il part en morceaux et que l'alarme se déclenche toutes les demi-heures.

L'animal pousse devant lui un boîtier d'où jaillissent des câbles rongés. Il s'arrête, se tourne vers la jeune fille, jette un couinement comme s'il voulait lui signifier que cette trouvaille est à lui et qu'elle n'a pas intérêt à le lui prendre, et poursuit son chemin.

Zita le regarde disparaître entre deux tuyaux.

Peu de temps après, la voix synthétique du navigateur de bord retentit :

« Niveau inquiétant détecté dans le régulateur thermique numéro 7. Un technicien est requis de toute urgence. Je répète : niveau inquiétant détecté dans le régulateur...

— À ce train-là, on n'arrivera jamais à destination », soupire Zita.

La jeune fille fait quelques pas dans la cabine exiguë en se mordillant les ongles. Ceux-ci clignotent au rythme des battements de son cœur, passant par toutes les couleurs de l'arc-en-ciel.

Elle se retourne brusquement, espérant surprendre son fantôme.

Mais il n'y a rien.

À part des tuyaux...

La salle de pilotage du *Grafit III* se situe au centre du vaisseau. On n'y trouve pas de grandes baies vitrées devant lesquelles on pourrait venir admirer les merveilles du cosmos, mais des écrans, qui sans cesse se déploient et se referment comme des parapluies pour afficher des informations auxquelles personne ne comprend rien, à commencer par le capitaine et son second.

Assis sur un fauteuil qui a dû être conçu par des créatures ne possédant ni dos ni fesses, Roméolazar gigote tel un poisson pris dans un filet. Il croise les jambes, les décroise, tapote les accoudoirs, se gratte les poignets et agite son cou dans tous les sens.

L'homme assis face à lui a l'air, en comparaison, d'être congelé. Même quand il se met à parler, ses lèvres ne bougent pas. Il faut dire qu'il a un relais vocal implanté dans la gorge lui permettant de s'exprimer des heures durant sans le moindre effort et sans dépenser la plus petite goutte de salive.

« Permettez-moi de me présenter, docteur. Je suis Gust Maurandjac. Je travaille pour la firme interstellaire 3.517. J'administre le planétoïde minier DN-7-c, que l'on appelle entre nous Boule de Nuit. Vous en aviez déjà entendu parler ?

— Oui, répond Roméolazar. Une petite planète entièrement constituée de carbone. Aussi noire qu'un trou noir. Une aberration... Personne ne peut expliquer comment cette planète est née. »

Maurandjac se met enfin à bouger : un léger hochement de tête. Roméolazar est un peu rassuré. Il commençait à croire qu'il avait affaire à un mannequin.

« Exact, docteur. Vous oubliez cependant de dire que dans le ventre de cette planète aberrante, l'on trouve les plus gros et les plus purs diamants de la galaxie. Cela fait cinquante ans environ que notre firme récolte ces pierres précieuses sur Boule de Nuit. Nous n'avons jamais rencontré le moindre problème... Jusqu'au mois dernier. »

L'homme se penche vers Roméolazar et baisse la voix.

« Un... animal s'est mis à attaquer nos employés.

— Quel genre d'animal ?

— Le genre non identifié. Le genre qui nécessite l'intervention d'un spécialiste. Du plus grand des spécialistes.

— Comme je l'ai mentionné à votre secrétaire, je suis vétérinaire, pas chasseur.

— Nous avons engagé un chasseur. Un certain Gomlybas. Vous le connaissez ? »

Roméolazar fronce les sourcils.

« Gomlybas ! Ce crétin à quatre bras de Mintaka ? Oh oui, je le connais. J'ai d'ailleurs dans ma poche un vaporisateur de venin de zèbre-ortie qui lui est destiné...

— Je crains que vous n'ayez plus l'occasion de vous en servir. Gomlybas a échoué...

— Vous voulez dire que votre animal l'a boulotté ?

— Boulotter n'est pas le terme qui convient. Mais je vous expliquerai ça plus en détail quand nous serons arrivés. Comme on dit sur Terre : *Il faut le voir pour le croire*... Bref... Nous avons décidé d'aborder le problème autrement. C'est pourquoi nous avons besoin de vos talents pour étudier cet animal, son mode de vie, sa physiologie...

— Pour vous permettre ensuite de le chasser dans de meilleures conditions ?

— Nous sommes ouverts à d'autres solutions. Si vous en trouvez...

— J'en trouverai, affirme Roméolazar. C'est même pour cela que j'ai accepté de vous aider. »

La porte du poste de pilotage se rétracte pour laisser entrer Zita. Elle se referme derrière la jeune fille puis se rouvre brièvement.

Face à sa console, le capitaine grommelle :

« Qu'est-ce qu'elle a encore cette porte ? Je croyais qu'on l'avait fait réparer. »

Son second, qui était en train de discuter avec un distributeur de boissons — le seul appareil ici dont il comprend le fonctionnement —, lui répond :

« Elle n'écrase plus les gens, c'est déjà ça. »

Zita salue le capitaine d'un petit signe de la main. Le poste de pilotage est plongé dans la pénombre et le clignotement de ses ongles saute aux yeux.

« Ah, les gosses d'aujourd'hui », soupire le second.

La jeune fille, faisant mine d'ignorer sa remarque, s'approche de son père. Il est énervé, ou bien excité, plus probablement les deux à la fois.

« Je vous présente ma fille, Zita... Zita, voici monsieur Maurandjac. »

Ce dernier, sans daigner lever les fesses de son siège, tend sa main à la jeune fille qui reste un instant incrédule, se demandant ce qu'elle doit en faire. Elle se souvient alors que les « terragènes », c'est-à-dire les Terriens qui sont nés et vivent sur Terre, pratiquent encore l'ancienne coutume de la poignée de main. Elle lui donne prudemment la sienne et grimace quand l'homme la lui serre et se met à la secouer.

« Très original, tes ongles... J'ai une fille de ton âge, mais elle, ce sont ses yeux qui clignotent.

— Par pitié, gémit Roméolazar, ne lui donnez pas des idées... Qu'est-ce que tu veux, Zita ?

— Je cherche Wormy.

— La dernière fois que je l'ai vu, il chassait les hamsters de Burg sur le pont inférieur. Ne t'inquiète pas pour lui... Assieds-toi plutôt avec nous. Ça va t'intéresser. Je crois que nous pourrions découvrir une nouvelle espèce sur DN-7-c. »

Zita parvient enfin à récupérer sa main. Elle y jette un œil pour vérifier qu'il ne lui manque aucun doigt. Le clignotement de ses ongles s'est encore accéléré.

« Génial, lâche-t-elle d'une voix distraite, et quand est-ce qu'on arrive ? »

La jeune fille a déjà posé la question à son père une centaine de fois depuis qu'ils ont embarqué.

C'est le capitaine qui lui répond :

« Dans deux jours, trois heures et vingt minutes. »

Autant dire, pour Zita, une éternité...

2

L'univers est plein d'incertitudes. Le temps, l'espace, la matière, le vide... Il ne faut jamais leur faire confiance, car ils sont du genre à vous laisser tomber au pire moment.

Il y a cependant trois choses dont on peut être absolument certain :

1] Les Vuikôniens de Rigel-11-a font les meilleurs cookies de l'univers.

2] Quand un caniche rencontre un anticaniche — c'est-à-dire un caniche constitué d'antimatière —, ils se flairent toujours le derrière avant d'exploser.

3] Quoi que l'on tente, on ne peut pas aller plus vite que la vitesse de la lumière[1].

Ce dernier point pose évidemment problème quand on doit voyager à bord d'un vaisseau spatial.

Par exemple, la distance qui sépare la planète de Zita de Boule de Nuit est d'environ 175 années-lumière. Et comme les moteurs du *Grafit III* ne peuvent pas dépasser la moitié de la vitesse de la lumière — et encore, quand les hamsters de Burg n'ont pas démonté plusieurs pièces essentielles —, son voyage devrait durer au minimum… 350 ans.

C'est long, d'autant qu'il n'y a à bord ni piscine ni salle de psycho-ciné, et que l'ordinateur central ne sait jouer qu'à un seul jeu : les petits chevaux. En plus, il triche.

Heureusement, le *Grafit III* utilise une ruse pour réduire la durée de ses voyages à quelques jours.

Il freine la lumière. Et quand il l'a assez freinée, il lui passe devant en faisant une queue de poisson.

Sitôt que le vaisseau a doublé la lumière, sa vitesse devient incalculable. Autrefois, on appelait cette manœuvre : « passer en hyperespace ». Jusqu'au jour où quelqu'un a fini par demander : « Mais enfin, c'est quoi, l'hyperespace ? » Comme personne n'était capable de répondre, il fut décidé que l'on trouverait un autre nom, moins prétentieux et qui ne pousserait pas les petits malins à poser des questions gênantes.

1. Environ 300 000 kilomètres par seconde. Une année-lumière est la distance parcourue par la lumière en une année, soit 9 500 milliards de kilomètres.

Dorénavant, on dit : « gruger ».

Et le capitaine du *Grafit III* vient justement d'enclencher le grugeur à fond...

Tandis que le *Grafit III* gruge la lumière, Zita, elle, cherche son chien dans les coursives du pont inférieur. Elle ne s'est même pas rendu compte que le vaisseau est passé de 140 000 km/s à une vitesse que les physiciens qualifient, faute de mieux, de « vachement grande ».

Tout au plus a-t-elle entendu, sans y prêter attention, le navigateur électronique prévenir :

« Alerte ! Déséquilibre préoccupant dans les circuits 7 à 27 du grugeur ! Un technicien est requis de toute urgence ! Je répète : déséquilibre préoccupant dans les circuits 7 à 27 du grugeur... Correction... Le circuit 27 semble manquant... Alerte ! Déséquilibre préoccupant dans les circuits 7 à 26 du grugeur ! »

Au détour d'un couloir, un homme habillé d'une combinaison orange surgit brusquement et renverse Zita. La jeune fille heurte un tuyau avec sa tête ; heureusement, il s'agit d'un tuyau mou.

L'homme l'aide à se relever, s'excuse à peine et lui demande :

« Tu n'as pas vu passer une boule de poils tirant un cir-

cuit avec le numéro 27 inscrit dessus ?

— Non, maugrée Zita. Et vous, vous n'avez pas vu passer une sorte de chien ?

— Ah non, désolé. Au fait, sympa, tes ongles... »

Et il repart au pas de course.

Après avoir donné un coup de pied dans le tuyau mou, qui se met aussitôt à fuir, Zita poursuit son chemin. La voix du navigateur retentit de plus belle :

« Alerte. Fuite dans le réseau de retraitement des fluides photoniques. Je répète. Fuite dans le réseau de retraitement des fluides photoniques... »

La jeune fille finit par se perdre dans le dédale du pont inférieur. Il y a des écrans censés afficher un plan, mais ils sont tous hors service. Et mis à part le mécanicien qui lui est rentré dedans et quelques hamsters de Burg, elle n'a croisé personne.

Il fait chaud, l'air est irrespirable, les lumières grésillent et n'éclairent pas grand-chose.

Et puis, Zita a toujours cette impression que quelqu'un marche dans son dos...

De temps en temps, elle jette en vain un regard derrière elle.

Je ne suis pas folle, quand même... Enfin si, je suis sans doute un peu folle, mais pas à ce point !

Après avoir tourné en rond pendant presque une heure, elle aperçoit un tas de poils au milieu d'un enchevêtrement de tuyaux qui ressemble à un plat de spaghettis.

« Wormy ? C'est toi ? »

Du tas de poils se détache un plus petit tas de poils, et ce dernier tire un bout de langue.

« Wormy ! » s'exclame Zita avec soulagement.

Le chien se redresse et la douzaine de hamsters de Burg qui étaient couchés sur lui se dispersent en piaillant.

« Je croyais que tu devais les chasser, pas faire la sieste avec eux... »

Wormy s'approche de sa maîtresse pour qu'elle lui gratte la tête. Sa queue a du mal à se balancer, car un hamster y est resté accroché. Le petit animal tient dans sa gueule un circuit imprimé sur lequel est peint en rouge le numéro 27.

Quand Zita fait mine de vouloir le lui prendre, le hamster se laisse tomber et file rejoindre ses compagnons terrés sous les tuyaux.

La jeune fille hausse les épaules et s'accroupit face à son chien. Celui-ci la voit à peine derrière ses longs poils qui lui cachent les yeux.

« Et toi, Wormy, tu dois bien le sentir, mon fantôme ? Il paraît que les chiens sentent ces choses-là. Tu pourrais au moins grogner. »

Le chien s'ébroue, donne un coup de langue sur la main de Zita et commence à avancer d'un pas traînant. Sa maîtresse le suit. Dans leur dos, deux douzaines d'yeux les regardent s'éloigner.

Quelques minutes suffisent à Wormy pour retrouver l'accès au pont supérieur.

Il faut dire que c'est l'heure de ses croquettes.

Après deux jours de gruge, une centaine de pannes diverses et six gamelles pleines de croquettes, le vaisseau approche enfin de Boule de Nuit. Zita en ressent un immense soulagement. Elle en était arrivée à compter les tuyaux — quatre-vingt-six, rien que dans sa cabine —, à rêver de tuyaux, à dessiner des tuyaux...

Un jour de plus et elle aurait fini par en manger.

Zita n'a pas beaucoup vu son père durant le voyage. En prévision de la mission qui les attend, l'exovétérinaire le plus célèbre de la galaxie, et aussi le plus désordonné, a décidé de ranger l'équipement de haute technologie contenu dans la poche de sa blouse.

Une tâche qui a mobilisé tout son temps et lui a fait dire beaucoup de gros mots en plusieurs langues.

Car cette poche n'est pas un banal carré de tissu dans lequel on se contente de glisser un mouchoir, un peu de monnaie et le ticket de parking de son vaisseau. C'est une poche à espace replié qui peut contenir autant de choses qu'un grand placard... Sans même paraître déformée.

Roméolazar y enfourne, pêle-mêle, les appareils de prélèvement et d'analyse, les médicaments de base, les boîtes de microrobots chirurgicaux, une cage pliante, un fusil à dards soporifiques, un distributeur de bonbons, deux sacs de couchage et un Rubik's cube — une très rare antiquité terrienne.

Comme la cabine de son père est à côté de la sienne, Zita l'a entendu pendant ces deux jours se bagarrer avec sa poche. Elle a toujours eu peur qu'il finisse par y tomber. Ça doit être une expérience terrifiante que d'être englouti par son propre vêtement...

La jeune fille et son chien retrouvent Roméolazar dans le sas de sortie en compagnie de Maurandjac et d'une dizaine de mineurs revenus de leurs congés mensuels. Les doigts du vétérinaire sont couverts de panse-limaces, des pansements vivants qui accélèrent la cicatrisation des petites plaies.

« Papadoc, soupire Zita.

— Je sais, reconnaît son père. Mais maintenant, ma poche est rangée. Je ne passerai plus de précieuses heures à chercher le biomètre sous le synthé moléculaire et le synthé moléculaire sous le distributeur de bonbons. »

Une secousse fait vibrer la carlingue, suivie d'une alerte du navigateur :

« Problème détecté dans le train d'atterrissage arrière gauche. Je répète : problème détecté dans le train d'atterrissage arrière gauche. »

Un sourire qui se veut rassurant éclaire le visage impassible du directeur de la mine.

« C'est toujours comme ça ? lui demande Zita en s'accrochant au bras de son père.

— Le *Grafit III* est un peu vétuste, mais c'est un bon vaisseau. »

Une deuxième secousse, plus violente, déséquilibre la jeune fille. Le bras de Roméolazar lui échappe. Elle est bonne pour une nouvelle chute contre des tuyaux. Car il y en a évidemment tout un tas qui traverse le sas comme des épées enfoncées dans la boîte d'un prestidigitateur. En plus, ils sont du genre dur, brûlant et « radioactif, mais pas trop ».

Zita sent alors une main la soutenir dans le dos, puis la redresser. Elle se retourne pour dire merci, mais il n'y a personne. Tous les mineurs se sont groupés à l'avant, Maurandjac n'a pas bougé le petit doigt, et Roméolazar est parti valdinguer contre un mur avec Wormy.

Pourtant, elle en est certaine : quelqu'un l'a rattrapée *in extremis*.

La voix du navigateur annonce que le vaisseau a atterri et que seules deux avaries majeures sont à déplorer.

La porte externe du sas commence à s'ouvrir. À mi-course, elle se bloque en grinçant, et il faut toute la force des mineurs pour la débloquer.

Enfin, Zita et son père découvrent le planétoïde appelé Boule de Nuit.

Bien qu'ils soient habitués aux mondes les plus étranges, ils en restent bouche bée.

3

Faire ses premiers pas sur Boule de Nuit, c'est comme sortir en scaphandre dans le vide stellaire ou plonger dans les océans de ténèbres d'Alderamin. Il y a un sol, on peut y poser les pieds, et un ciel, on peut lever les yeux vers lui, mais ils sont aussi noirs l'un que l'autre. Rien ne marque la ligne d'horizon. Sans les puissants projecteurs du *Grafit III*, on ne distinguerait même pas les reliefs, d'énormes formations de charbon pur dont les arêtes réfléchissent la lumière.

« Mais où sont les étoiles ? demande Zita après avoir pris sa première bouffée d'atmosphère.

— Derrière les nuages de poussière, lui explique Maurandjac. L'exploitation minière en produit beaucoup.

— C'est une toute petite planète. Comment peut-il y avoir une atmosphère ?

— Nous la produisons artificiellement. Nous rejetons la poussière dans la haute atmosphère pour éviter d'empoisonner l'air du gouffre. Le seul problème que nous n'avons pas encore résolu, c'est la grêle noire.

— Le gouffre ? La grêle noire ? »

Zita commence à regretter de ne pas s'être un peu plus documentée sur Boule de Nuit avant de partir. Elle a l'impression de passer pour une idiote.

« Régulièrement, la poussière retombe sous la forme de morceaux de charbon. C'est ce que nous appelons la grêle noire. Quand ça arrive, il vaut mieux ne pas se trouver dehors, ou bien il faut se munir d'un parapluie blindé. Quant au gouffre, nous y allons justement... »

Maurandjac montre un chemin balisé par des lampadaires ressemblant à des champignons d'acier.

« Ne quittez surtout pas le chemin, prévient-il. Hors de la lumière, vous seriez aussi aveugles qu'une pierrebovine de Sco. »

Il commence à marcher. Les mineurs sont déjà loin devant. Zita attrape fermement le collier de Wormy et suit son père de très près.

Ses pieds s'enfoncent dans une épaisse couche de graviers ; sans doute le résultat des pluies de grêle noire.

Avancer devient rapidement épuisant, surtout pour Wormy — qui s'épuiserait même sur une terre ferme et lisse.

Heureusement, ils n'ont pas long à parcourir.

« Voici le gouffre, chers amis », annonce Maurandjac sur le ton du guide touristique faisant visiter les ruines d'une ancienne civilisation.

Le gouffre… Il porte bien son nom. C'est un immense puits de presque un kilomètre de diamètre. Tout autour, des projecteurs dirigés vers les entrailles de la planète forment une sorte de couronne de lumière. D'énormes créatures, grosses comme des dirigeables, flottent dans le vide à la surface du puits. Elles ressemblent à des poissons-lunes dépourvus de nageoires. Leurs couleurs varient de l'orange au brun. Elles ne cessent de se gonfler et de se dégonfler en regardant ce qui les entoure d'un air ahuri.

Zita peut sentir dans ses cheveux le souffle de leur respiration.

« Des mégazoups ! s'exclame Roméolazar. Cela fait très longtemps que je n'en avais pas vu.

— Ce sont eux qui créent l'atmosphère que nous respirons, indique Maurandjac. S'ils n'étaient pas là, nous serions déjà morts asphyxiés. Croyez-moi, nous en prenons grand soin, docteur. »

Une colonne d'autres animaux, versions miniatures des mégazoups, aux couleurs plus pâles, remonte du gouffre et continue son ascension vers le ciel. On dirait des bulles dans un aquarium rempli d'encre de Chine.

« Des zoups, indique Maurandjac. Ici, ils font en quelque sorte office d'aspirateur. Ils évacuent la poussière de charbon et la recrachent dans la haute atmosphère.

— Ça ne les rend pas malades ? demande Zita en suivant du regard les zoups qui disparaissent les uns après les autres dans l'obscurité du ciel.

— Non, rassure-toi. Ils adorent le charbon pulvérisé.

— C'est une seule et même espèce, ajoute Roméolazar. Les mégazoups sont les femelles et les zoups les mâles. »

Zita, qui imagine à quoi peut ressembler leur parade nuptiale, étouffe un gloussement.

Les mineurs se sont réunis sur une passerelle au bord du gouffre. Le directeur invite le vétérinaire et sa fille à les rejoindre. Zita va se pencher au garde-corps qui entoure la passerelle. Elle ne souffre pas du vertige, à part dans les escaliers, mais la vision de ce puits immense aux parois noires et qui semble sans fond est impressionnante.

La passerelle, glissant sur deux rails verticaux, se met à descendre. Durant un moment, un mégazoup accompagne l'ascenseur comme s'il le prenait pour une créature de son espèce. Il dévisage Zita de ses yeux globuleux. Un vent tiède, légèrement humide, s'échappe de sa bouche ronde.

La jeune fille lui sourit et lui adresse un signe de la main. Le mégazoup s'éloigne. La passerelle continue sa course. On ne voit toujours pas le fond malgré l'éclairage des projecteurs. Des groupes de zoups vont et viennent sans cesse. Ceux qui montent ont le ventre rempli de poussière, ceux qui descendent ont l'air un peu fripés, car ils se sont vidés dans l'atmosphère.

En tendant le bras, Zita parvient à caresser du bout des doigts l'un de ces animaux. Il n'a pas d'écailles, mais une peau très douce. Effarouché par ce contact et par les ongles clignotants de Zita, il se gonfle d'air et se met à tournoyer sur lui-même en s'écartant de la passerelle.

Les parois du gouffre sont percées d'une multitude de galeries. Certaines abritent des modules d'habitation, des bureaux et des ateliers. Des terrasses ont été aménagées et des coursives relient les modules entre eux.

« On va à quelle profondeur ? demande Zita qui commence à trouver le temps long.

— Sept mille mètres sous la surface, lui répond Maurandjac. Mais les galeries minières s'enfoncent bien plus loin. Nous avons atteint le cœur de la planète, il y a quelques semaines.

— Je ne comprends pas comment une planète peut être entièrement composée de charbon... Le charbon se crée à partir des plantes, non ?

— Absolument. Cette planète est un mystère. Personne n'est en mesure d'expliquer son origine. Tout ce qu'on peut dire, c'est qu'elle a été soumise par le passé à des pressions et des températures intenses. C'est pourquoi on y trouve autant de diamants. Par contre, on connaît son âge. Boule de Nuit est une très jeune planète. La Terre a...

— Quatre milliards et demi d'années, le devance Zita, assez fière de son savoir.

— Bravo. Tu féliciteras tes professeurs.

— Félicitez mon père. Et GOCO. Ce sont eux, mes professeurs.

— Boule de Nuit n'a que sept millions d'années. Autant dire que c'est un bébé comparé à la Terre... Oh, nous arrivons... Et comme tu as été sage, j'ai une surprise pour toi. Je crois que tu vas adorer ta chambre. »

Zita fronce les sourcils. Elle déteste qu'on lui parle sur ce ton, qu'on lui dise des choses aussi idiotes que « tu as été sage » ou « j'ai une surprise pour toi », comme si elle avait quatre ans ; alors qu'elle est à moins de six mois de la majorité selon les lois terriennes — elle feint d'oublier que sur RL-17-a, la planète où elle est née et où elle habite, l'âge de la majorité est encore fixé à quinze ans.

La passerelle s'immobilise au fond du puits, sur une immense plage de grêlons noirs. La barrière de sécurité se soulève et les mineurs descendent. Zita a eu le temps de les observer. Il y a autant d'hommes que de femmes, tous habillés d'un uniforme orange sur lequel est cousu le sigle de la compagnie 3.517 : un diamant taillé entouré d'un anneau rouge. Ils lancent des plaisanteries, parlent fort et rient à gorge déployée, mais leur nervosité est palpable.

Est-ce à cause de l'animal mystérieux qu'elle et son père sont venus étudier ?

Le fond du gouffre abrite le plus grand complexe d'habitations de la mine. Les pièces et les couloirs ont été creusés dans le charbon et les surfaces recouvertes d'une résine blanche. Cela donne l'impression de se promener dans des cavernes en plastique. Il y a des tuyaux, évidemment. Les terragènes adorent les tuyaux, ils en mettent partout. Mais ici, au moins, ils ne courent que sur les plafonds, ne fuient pas et ne font pas de bruits répugnants.

Maurandjac semble impatient de montrer sa chambre à la jeune fille. Son sourire figé s'est encore élargi.

« Nous l'appelons la chambre adamantine. Nous la réservons à nos invités de marque. »

Tu parles, pense Zita.

Le directeur de la mine commence par faire visiter la chambre destinée à Roméolazar, attenante à une grande pièce dans laquelle le vétérinaire pourra installer son équipement et travailler. Elle paraît plus confortable que les cabines du *Grafit III,* mais elle n'a rien d'extraordinaire, à part ses murs tarabiscotés.

Puis Maurandjac s'approche de la porte située en face et annonce pompeusement :

« La chambre adamantine ! »

Il tape un code sur le pupitre qui fait office de serrure. Zita s'attend presque à entendre une voix synthétique dire : « Panne dans le système d'ouverture de la porte G-137. Un technicien est demandé d'urgence. Je répète... »

Mais non, la porte glisse sans même émettre un chuintement. Le sourire de Maurandjac va d'une oreille à l'autre.

Zita reste un moment sans voix, puis elle bégaye, avec des yeux de zoup :

« C'est... C'est... magnifique ! »

Les murs étincellent, ainsi que le sol, le plafond, et même le mobilier. Des milliers de facettes réfléchissent la lumière dispensée par des diodes. Tout est translucide. Zita a l'impression de regarder l'intérieur d'une géode tapissée de cristaux.

C'est à peine si elle ose franchir le seuil.

« La chambre adamantine a été taillée dans un unique diamant, explique alors Maurandjac.

— Vous voulez dire que c'est du diamant, là, partout ? »

Le directeur hoche la tête.

Roméolazar, que les diamants indiffèrent complètement — après tout, ce n'est qu'un allotrope[2] du carbone —, plaisante :

« Avec tes ongles clignotants, ce sera très joli.

— Oh, Papadoc, arrête ! Une chambre en diamant ! C'est yotta génial ! »

2. C'est-à-dire un état moléculaire particulier du carbone. De même que la purée est un allotrope de la pomme de terre.

Elle se décide enfin à entrer, fait plusieurs tours sur elle-même, puis s'assoit au bord du lit, également taillé dans le diamant. Seuls les draps, l'oreiller et le matelas n'en sont pas. Elle reste un moment à contempler cette chambre de conte de fées. Pourtant, sa joie se dissipe peu à peu. Une vague tristesse assombrit son visage.

Elle finit par lâcher dans un murmure :

« J'ai l'impression d'être dans le ventre de maman… »

Maurandjac se tourne vers Roméolazar et lui dit :

« Oh, quel idiot je suis… Je n'ai pas un instant pensé que…

— Ça ira », le rassure le vétérinaire avant d'aller s'asseoir à côté de sa fille et de la serrer contre lui.

Wormy, sentant la peine de sa maîtresse, vient à son tour poser son museau sur ses genoux.

Tiahné, la maman de Zita, est officiellement morte dans un accident de voyage transplanétaire quand sa fille avait six ans. Le genre d'accident qui n'arrive jamais, mais qui, ce jour-là, est pourtant survenu. Elle s'est transformée en un bloc de cristal flottant dans l'espace, à des milliers de kilomètres de la planète de Zita.

Zita a toujours refusé d'admettre que sa maman était décédée. « Elle n'est pas morte ! Elle s'est cristallisée ! Ce n'est pas pareil ! » Depuis, elle l'appelle maman-cristal. Quand la nuit est très noire, elle peut la voir de la fenêtre de sa chambre briller là-haut, un point d'un rose très léger, un éclat de quartz perdu dans le cosmos... Zita lui envoie des messages avec un laser. Elle est sûre que maman-cristal les comprend ; à sa manière.

La jeune fille ravale un sanglot.

« Je peux... trouver une autre chambre », propose Maurandjac.

Zita fait non de la tête.

« Je veux garder cette chambre. Merci. C'était vraiment une belle surprise... »

Elle tourne la tête vers son père et lui dit vaillamment :

« Bon, on la trouve, cette bestiole inconnue ?

— On la trouve », acquiesce Roméolazar.

4

Après avoir dîné dans l'une des cafétérias de la mine, et avoir dégusté la spécialité de Boule de Nuit : la brandade de zoup — qui a un léger goût fumé —, Zita et son père retrouvent Maurandjac dans son bureau.

Les murs dans cette pièce ne sont pas recouverts de résine blanche. Le charbon est apparent et il vaut mieux éviter de s'y frotter, même si, comme Zita, l'on porte des vêtements autonettoyants. Sur le bureau bien ordonné du directeur trône un diamant de la taille d'un poing, d'une exceptionnelle pureté.

Zita n'est pas très à son aise entre ces murs noirâtres. Elle se demande comment Maurandjac ne sombre pas dans la déprime à force de passer ses journées ici.

Le directeur les invite à s'asseoir.

« Il y a deux semaines, commence-t-il, une caméra de surveillance d'une galerie de maintenance a filmé une scène troublante. Vous allez voir, docteur, à quel point notre animal est mystérieux. GOCO ?

— Yop, c'est pour quoi ? répond une voix enrouée qui semble venir de partout à la fois.

— GOCO a une drôle de voix, glisse Zita à l'oreille de son père.

— Il s'adapte aux différents environnements, lui répond Roméolazar. Ici, je suppose qu'il parle à la façon des mineurs.

— Diffuse la vidéo archivée 256-34-01, s'il te plaît, poursuit Maurandjac.

— J'te taraboule ça tout de suite, mon vieux.

— Taraboule ? s'étonne Zita.

— C'est de l'argot de mineur, l'éclaire le directeur. Je m'excuse. Notre version de GOCO est un peu... décontractée. »

Une image se dessine au-dessus du bureau. Le Grand Ordinateur Cosmique n'a pas besoin d'écran. Il peut afficher ce qu'il veut dans n'importe quel milieu gazeux ou liquide. Toute la matière de l'univers lui sert de disque dur et d'unité centrale, ce qui en fait à la fois l'ordinateur le plus encombrant et le plus compact de l'histoire galactique.

« J'envoie la brandade », prévient GOCO.

GOGO

La vidéo démarre. On voit un couloir dont seul un mur est recouvert de résine blanche. L'image n'est pas très nette ; des parasites la brouillent. La caméra, positionnée en hauteur, décrit lentement un arc de cercle.

Durant une minute, il ne se passe rien.

Puis une ombre se détache du plafond noir et glisse vers la paroi blanche. Difficile de saisir de quoi il s'agit. On devine cependant une espèce de museau, un corps replié sur lui-même, une patte arrière, et une longue queue dont le bout se perd hors de l'image.

La créature se fige au milieu du mur, son museau se tourne vers la caméra. Cette dernière a détecté la présence de la bête, car elle a arrêté son mouvement de va-et-vient et commence à opérer un zoom. On distingue à présent une gueule ouverte, des dents très fines, en forme d'aiguillons, une truffe aplatie et dépourvue de naseaux.

Brusquement, quelque chose s'abat sur la caméra. Zita sursaute. L'image est aussitôt coupée.

« Qu'est-ce qui s'est passé ? demande la jeune fille, le cœur battant.

— GOCO, ordonne Maurandjac, reviens en arrière et ralentis le défilement des images.

— En deux coups de foreuse, pépère ! »

Zita revoit la fin de la scène, image par image, le zoom sur la tête de l'animal, sa gueule qui s'ouvre pour dévoiler son impressionnante dentition, et puis...

« Pause ! »

La vidéo se fige. Une patte, une patte avec sept longues griffes aiguisées, s'apprête à frapper la caméra. Elle occupe presque tout le champ, mais on aperçoit encore, sur la droite, la forme de l'animal qui n'a pas bougé du mur.

Maurandjac observe un silence avant de conclure :

« Nous avons retrouvé la caméra arrachée de son pied, en miettes...

— Vous n'avez pas un animal dangereux sur les bras, vous en avez deux, dit Roméolazar.

— C'est ce que nous avons pensé au début. Mais nos caméras sont équipées de détecteurs de présence. Cette caméra n'a détecté qu'une seule présence.

— Cette patte ne peut pas appartenir à l'animal sur le mur. Il était beaucoup trop loin pour attaquer. D'ailleurs, il n'a pas bougé. Ou bien, il a une patte de vingt-cinq mètres de long.

— Ce n'est pas la seule hypothèse... Je crois qu'il est temps que je vous montre ses... victimes. »

Roméolazar hoche la tête avant de se tourner vers sa fille.

« Il vaudrait mieux que tu retournes dans ta chambre en diamant, Zita.

— Pourquoi ?

— Je n'ai pas envie que tu fasses des cauchemars jusqu'à la fin de tes jours.

— Pas de danger, j'ai un processeur anticauchemar dans mon oreiller.

— Zita, s'il te plaît, pour une fois, ne discute pas ! »

Ça y est, soupire intérieurement Zita, *Papadoc est passé en mode intraitable. Si j'insiste, il va me fusiller du regard en se grattant le cou... J'ai horreur quand il fait ça.*

« Bon, fait-elle en imitant l'accent de GOCO, moi, je m'taraboule... »

Elle quitte le bureau sans dire au revoir, la tête enfoncée dans les épaules.

« Excusez-la...

— Pas de souci. Je sais ce que c'est. Je vous conduis au module médical à présent. Comme je vous l'ai dit lors de notre première entrevue : il faut le voir pour le croire. »

Dans le couloir, Zita tombe sur Wormy qui l'attendait bien sagement. Il s'est fait un ami. Un zoup à la peau couleur crème. L'animal flotte au-dessus du chien en ouvrant et refermant sa bouche silencieuse. Wormy a l'air de totalement se moquer de sa présence. Il est par contre heureux de retrouver sa maîtresse.

Zita lui accorde une caresse et une autre au zoup. Les deux animaux en frétillent de bonheur.

« Allez, viens Wormy. »

Le chien se lève et suit la jeune fille. Après un moment d'hésitation, le zoup se joint à eux.

Plutôt que de retourner dans sa chambre, Zita prend un couloir latéral. Elle en a marre de passer son temps enfermée dans une pièce, fût-elle de diamant, et a envie de se dégourdir les jambes — et aussi de désobéir à son père, pour le principe.

Le couloir descend en pente douce et débouche sur une grande salle qui doit être une sorte de vestiaire, car plusieurs mineurs sont en train de retirer leurs vêtements noircis par le charbon et de les confier aux bons soins d'un robot-blanchisseur ressemblant à une antique machine à laver montée sur de courtes jambes.

Typiquement un robot terragène : ringard, encombrant et bourré de tuyaux.

Zita reste sur le seuil, un peu inquiète à l'idée qu'on la surprenne dans un endroit où elle n'a sans doute pas le droit d'être. Elle regarde avec curiosité d'autres mineurs s'équipant de sortes de foreuses qui leur recouvrent le bras droit comme la pièce d'une armure. L'engin paraît extrêmement lourd et dangereux à manier.

L'une des femmes du groupe, qui a fini d'attacher sa foreuse, se retourne et remarque la jeune fille. Elle lui sourit, puis lui lance :

« T'es encore un peu jeune, toi, pour tarabouler à la mine. »

Zita, embarrassée, ne sait pas quoi répondre. Elle bafouille :

« Euh... Je... je ne faisais que passer... »

La femme marche vers elle et lui tend sa main — sans foreuse. Elle a une poigne terrible.

« J'me bapte Solea, et toi ?

— Zita. Je suis...

— La fille de Roméolazar. Je sais. C'est pas toutes les rotations qu'on reçoit une célébrité.

— Vous allez travailler ?

— Yop ! On descend dans le puits 76. Y a un masto-gisement en bas.

— Vous forez avec votre bras ? »

Solea lève la fraise et la caresse avec fierté.

« Yop ! On a des robots de forage pour le gros œuvre, mais ça, c'est pour le travail en finesse.

— Et la bête, vous l'avez déjà vue ?

— La bête... Entre nous, on l'appelle Pussycat... Non, je ne l'ai jamais vue. Mais il y a des gars dans ma broche qui pensent l'avoir aperçue. Tu sais, on évite d'en parler. Quand tu es dans la pouille, au fond de la mine si tu préfères, que tu as la foreuse qui te taraboule le bras, il vaut mieux ne pas y penser. »

Tout en écoutant Solea, Zita se constitue mentalement un petit lexique d'argot de mineur.

Se bapter : s'appeler.

Brandade : truc, machin [et plat du jour à la cafétéria].

Broche : équipe, groupe.

Pouille : le fond de la mine.

Rotation : jour.

Tarabouler : verbe qui sert à peu près à tout.

Yop : oui.

« Bon, je te laisse, Zita. Et ne t'amuse pas à descendre dans les galeries sans être accompagnée. Avec ou sans Pussycat, c'est dangereux.

— Yop ! répond la jeune fille.

— Ça y est, tu parles comme un vrai mineur ! »

Contente de s'être à son tour trouvé une amie, Zita remonte le couloir et regagne sa chambre adamantine. Wormy se faufile entre ses jambes pour entrer le premier et occuper la meilleure place sur le lit. Le zoup veut aussi entrer, mais Zita le repousse.

« Non, pas toi. Retourne aspirer du charbon. »

L'animal la regarde avec l'air d'un chaton mendiant une coupelle de lait. Puis il est soudain pris d'une quinte de toux et expulse un épais nuage de poussière noire.

Durant un instant, avant de fermer la porte afin que la poussière n'envahisse pas la chambre, Zita aperçoit une silhouette dans le nuage. Une silhouette indiscutablement humaine, et à peu près de sa taille.

Le voilà, mon fantôme ! Il n'est pas si fantomatique que ça.

Comme si de rien n'était, elle va se rincer le visage et s'épousseter les cheveux dans la salle de bains — également sculptée dans le diamant, évier et bac de douche ionique compris.

Elle entend alors quelqu'un tousser dans la chambre. Cette fois, ce n'est pas le zoup. Il est resté dans le couloir pour aspirer toute la poussière qu'il a malencontreusement recrachée.

Une idée traverse l'esprit de la jeune fille.

Elle ouvre en grand le robinet d'eau chaude de l'évier, sort de la salle de bains et s'assoit sur le lit à côté de Wormy. Au bout de quelques minutes, de la vapeur commence à remplir la chambre. Les murs en diamant ruissellent de gouttelettes. Ils en paraissent plus féeriques encore.

Une silhouette se dessine dans ce brouillard. Zita n'en devine que les contours. Le reste est aussi transparent que le verre.

« Je te vois », dit-elle d'un ton chantant.

La silhouette bouge de quelques pas.

« Je te vois encore... »

Elle s'accroupit dans un coin.

« Là aussi, je te vois... Bon, tu portes quoi ? Une sorte de combinaison d'invisibilité ? Si tu crois que ça m'impressionne. J'ai la même à la maison. Mais ce n'est plus du tout à la mode, ce genre de brandade... Allez, montre-toi, trouillard !

— J'ai pas le droit, lui répond une voix pleurnicharde.

— Montre-toi ! s'énerve pour de bon Zita. Ça fait des jours que tu me traînes autour et que tu me fais passer pour une idiote ! Si tu ne te montres pas maintenant, je dis à Wormy de t'attaquer ! »

Le chien, entendant son nom, redresse la tête, soupire et se rendort.

À part sa propre queue, il n'a jamais rien attaqué de sa vie.

Un grésillement électrique cerne la silhouette qui se remplit comme un dessin que l'on serait en train de colorier. Zita commence à distinguer des mains, des bras — juste deux —, des épaules, un cou, un corps habillé d'une combinaison bleu clair...

Elle peut enfin voir son fantôme de pied en cap.

C'est un garçon de son âge. Il a le visage sali par la poussière de charbon. Les gouttes de condensation ont dessiné, en coulant, de petites rivières le long de ses joues. Ses cheveux sont bruns, coupés n'importe comment. Il a l'air apeuré et au bord des larmes.

Zita est presque déçue de découvrir que son fantôme n'est qu'un banal garçon.

Elle se lève et, sans le quitter des yeux, va fermer le robinet. Les systèmes d'aération de la chambre ont tôt fait d'aspirer la vapeur.

« Bon alors, gronde Zita après s'être plantée devant le garçon, les bras croisés sur le torse, dis-moi, un, comment tu te baptes, deux, pourquoi tu me suis partout depuis plusieurs jours ?

— Comment je me quoi ?

— Comment tu t'appelles ?

— Je m'appelle Alban-Zarghunshar-Elysée-Tantal-de-Plaine-Saint-Spoutnik. »

Zita reste un instant sans voix.

« Euh, et ton prénom, c'est quoi ?

— C'était mon prénom. Tu veux connaître mon nom ?

— Surtout pas. Tu m'en voudras si je t'appelle juste Alban ?

— C'est mal ! se récrie le garçon.

— Mal ? Non, ce qui est mal, c'est d'avoir le prénom le plus long de la galaxie.

— J'ai une sœur qui a un prénom beaucoup plus long, murmure-t-il en baissant la tête... Oh, j'ai parlé de ma sœur... On ne doit jamais parler de sa sœur...

— Moi, je suis fille unique. »

Alban prend un air dégoûté.

« Fille unique ? Mais c'est mal ! Il faut avoir au moins sept frères et sœurs !

— Qui a dit ça ?

— C'est dans le livre...

— Quel livre ?

— Je n'ai pas le droit de le dire. »

Zita pousse un soupir et décide de retourner s'asseoir sur le lit.

La soirée s'annonce longue. Autant être confortablement installée.

5

Durant deux heures, Zita tente de faire parler Alban, de comprendre qui il est, d'où il vient et ce qu'il veut. Le garçon ne se décrispe pas et se donne beaucoup de mal pour ne jamais croiser le regard de la jeune fille.

Quand elle l'invite à s'asseoir sur une chaise, parce qu'elle en a assez de le voir debout, il répond que c'est mal de s'asseoir sur les chaises, ainsi qu'il est écrit dans le livre.

Quand elle lui propose un verre d'eau, il lui demande si l'eau contient du calcaire, car on n'a pas le droit de boire de l'eau calcaire, c'est aussi écrit dans le livre.

Et quand Wormy lui flaire les pieds, il pâlit et supplie Zita de rappeler son chien, car, toujours selon le livre, il ne faut pas s'approcher des bêtes à poil, encore moins des bêtes à plume, à la rigueur des bêtes à écaille, mais seulement de celles qui vivent dans l'eau douce et non calcaire.

À force de patience, la jeune fille finit par apprendre qu'Alban vient de MI-67-b, une petite planète appartenant à une communauté qui respecte scrupuleusement les règles prescrites par *Le Livre des 700 vérités*, écrit par un certain Belkastrelka.

La première de ces règles est qu'on ne doit jamais apparaître aux étrangers. C'est pourquoi les membres de la communauté, lorsqu'ils voyagent hors de leur planète, portent une « robe de pureté » qui les rend invisibles.

Sur la planète d'Alban, la vie est dure. On travaille du matin au soir, y compris les enfants qui n'ont le droit de jouer que dix minutes par jour, en silence, et uniquement aux échecs, à la balle en mousse et à chat — et comme il est interdit de se toucher, le jeu perd beaucoup de son intérêt. Il y a une journée de repos par semaine, mais la semaine dure vingt-quatre jours et le repos consiste essentiellement à réciter par cœur *Le Livre des 700 vérités* devant les aînés qui vous tirent les oreilles à l'aide d'une longue pince quand vous vous trompez.

Alban, qui ne supportait plus cette existence, a décidé de fuguer. Zita et son père, lors de leur dernière mission, ont transité par MI-67-b, et le garçon, habillé de sa combinaison d'invisibilité, en a profité pour se joindre à eux.

« Ça veut donc dire que tu vis chez nous depuis plus de deux semaines ! s'emporte la jeune fille. Mais tu dormais où ?

— Dans ta chambre... Mais pas sur ton lit !

— Encore heureux.

— De toute façon, on n'a pas le droit de dormir allongé. À la rigueur, on peut dormir assis, sauf sur une chaise.

— Et l'eau n'était pas trop calcaire à ton goût ? ironise la jeune fille.

— Celle du robinet, si. Mais celle de l'aquarium était parfaite.

— Et qu'est-ce que tu mangeais ?

— Des croquettes...

— Ah... Je comprends pourquoi Wormy n'arrêtait pas de réclamer qu'on lui remplisse sa gamelle. Alors, dans ta communauté, on n'a pas le droit de boire de l'eau du robinet, mais on a le droit de manger des croquettes pour chien ?

— Ben... C'est pas dit comme ça dans le livre... Mais par contre, on a le droit de manger des graines. Et les croquettes, c'est un peu comme des graines de viande, non ? »

Zita se prend la tête entre les mains. Des graines de viande ! Elle aura tout entendu. Un détail lui revient alors à l'esprit. Elle fronce les sourcils.

« Et dis-moi, dans ton livre, là, il est écrit qu'on a le droit de regarder une fille prendre sa douche ? »

Alban se met aussitôt à rougir et à bafouiller :

« Hein ? Quoi ? Je... Non, enfin !

— Ne mens pas, je suis sûre que tu m'as suivie plusieurs fois dans la salle de bains. Je l'ai senti.

— Je... C'est peut-être arrivé, oui... Mais... mais... je me tournais ! Je ne regardais pas, je te jure ! »

Zita esquisse une moue peu convaincue.

« Je parie que dans ton livre, il est dit que c'est mal de mentir, de voler et de tromper les gens. Non ?

— Si, admet Alban dans un souffle. Belkastrelka ne m'apparaîtra jamais pour me révéler la sept cent unième vérité, qui est la plus importante de toutes. Je suis devenu un armstrong, un paria. Ma famille ne voudra jamais me revoir. »

Le garçon a les larmes aux yeux.

« Arrête, lui dit Zita, tu exagères. Ta famille doit te chercher dans toute la galaxie en ce moment. »

Alban fait non de la tête.

« Ils me laisseront rentrer chez moi, mais je devrai porter la robe de pureté jusqu'à la fin de mes jours. Je les verrai, mais eux ne me verront plus jamais. C'est la règle pour les armstrongs. »

Zita essaye de ne pas trop le montrer, mais elle est sincèrement émue par la situation d'Alban.

« Tu peux aller prendre une douche ionique si tu veux, ça te fera du bien, et puis tu n'as pas dû te laver une seule fois en deux semaines.

— On n'a pas le...

— Pas le droit, je sais. Mais tu t'en fiches, des règles, maintenant que tu es un arm... brandade. »

Le garçon semble réfléchir à la question tandis que son regard se promène sur les murs scintillants. Finalement, à la surprise de Zita, il prend la direction de la salle de bains.

Juste avant que la porte se referme derrière lui, la jeune fille lui lance avec malice :

« Et je te promets que je ne te regarderai pas sous la douche. »

Le module médical, constitué de plusieurs longues pièces en enfilade, est mieux équipé que ce à quoi Roméolazar s'attendait. Toute la technologie, à part les lits, est d'origine extraterrestre. On y trouve un bloc chirurgical robotisé dernier cri provenant de Polaris-U-4a — pas une de ces cochonneries terriennes qui confond le cœur et les reins et qui vous transfuse du sang de poulpe —, un caisson de nanoreconstruction et des cellules de stase pour les blessés les plus graves nécessitant une évacuation.

Trois de ces cellules sont occupées par les victimes de la bête. En les découvrant, Roméolazar se dit qu'il a bien fait de ne pas emmener Zita avec lui.

Les cellules de stase entourent les corps d'une sorte d'ambre, comme des fossiles. Cette gangue artificielle ralentit les fonctions vitales et permet de garder en vie le patient, durant des siècles au besoin, en attendant de disposer d'un traitement.

Un homme et une femme, sans doute des mineurs, reposent dans les deux premières cellules, au milieu d'une sphère parfaite d'ambre vert. Dans la troisième, Roméolazar reconnaît Gomlybas, célèbre chasseur de fauves à qui le vétérinaire rêve depuis longtemps de tordre le cou.

Ce qui risque d'être difficile à présent étant donné que Gomlybas est... démonté. Le père de Zita ne trouve pas de meilleur mot : démonté, comme le moteur d'un vaisseau par une bande de hamsters de Burg. La tête, les quatre bras — Gomlybas est né avec deux, mais il s'en est fait poser deux autres —, les jambes, tous séparés du tronc.

« C'est moins terrible que ça en a l'air, remarque la doctoresse en chef qui s'est jointe à Roméolazar et au directeur.

— Moins terrible ? s'étouffe le vétérinaire. Mais ces gens ont été coupés en morceaux ! Je ne comprends même pas pourquoi vous les avez mis en cellule de stase. Une chambre réfrigérée aurait suffi.

— Je les ai mis en cellule de stase parce que ces trois-là n'arrêtaient pas de se plaindre.

— Comment pourraient-ils se plaindre ? Ils ont la tête séparée du corps ! »

La doctoresse se contente de sourire. Elle tire un rideau à côté des cellules, révélant une chambre, et lance :

« Salut Perck, comment ça va aujourd'hui ?

— Ça taraboule pas trop mal », lui répond une tête posée sur une table métallique, un verre d'eau avec une paille à portée des lèvres.

Tandis que sur une autre table, un bras adresse un signe amical à la doctoresse.

Le reste du corps du dénommé Perck est couché sur un lit. Sa poitrine se soulève au rythme de sa respiration. Ses pieds et son second bras remuent sous la couverture.

Roméolazar a l'air d'un mégazoup ayant avalé de travers. Il laisse même échapper un mot qu'il n'utilise jamais d'habitude :

« Impossible...

— Perck, poursuit tranquillement la doctoresse, je tiens à te présenter le fameux vétérinaire Roméolazar.

— Bonjour, m'sieur ! fait la tête du mineur. On doit dire docteur pour un vétérinaire ?

— On peut, soupire le père de Zita en se frictionnant le visage comme s'il tenait une serviette invisible.

— J'ai entendu parler de vous, docteur, vous savez... C'est un honneur. »

Roméolazar prend une longue inspiration. Intérieurement, il se répète :

Rien n'est impossible ! Tout peut s'expliquer ! Même l'inexplicable !

Après avoir repris ses esprits et enfilé des gants chirurgicaux, il s'approche du bras du mineur.

« Vous permettez que je regarde votre bras ?

— Je vous en prie.

— Vous sentez quand je le touche ?

— Yop ! Je sens tout. »

Le vétérinaire examine la zone où le bras a été tranché. La chair n'est pas visible. Il y a une sorte d'ombre opaque qui la recouvre, et même sous la lumière, cette ombre ne se dissipe pas. Roméolazar y passe doucement les doigts et les sent s'engourdir sous l'effet d'une faible électricité et d'un froid par contre intense.

Il plonge sa main dans la poche de sa blouse et en ressort — du premier coup et sans se piquer sur une seringue — un petit boîtier de forme cubique pourvu sur le dessus d'un dôme lumineux. Il le pose devant le moignon.

Aussitôt, la luminosité de l'appareil augmente.

« Ça chatouille un peu », dit la tête de Perck avant d'aspirer le contenu de son verre d'eau.

Des équations défilent sur le dôme, comme des messages publicitaires. Elles sont incroyablement longues et complexes. Dans tout l'univers, il n'y a guère que GOCO qui serait en mesure de les déchiffrer.

« Racontez-moi dans quelles circonstances vous avez été attaqué par la bête, demande Roméolazar tout en surveillant l'appareil.

— Je finissais de tarabouler à la foreuse un filon dans la pouille du puits 75. J'étais seul. Le dernier zoup qui m'accompagnait pour aspirer la poussière avait filé. D'un coup, j'ai eu la sensation que quelque chose passait au-dessus de moi. J'ai arrêté la foreuse, je me suis retourné. Et là, j'ai vu cette patte pleine de griffes me tarabouler dessus. Ensuite, j'ai perdu connaissance et quand je suis revenu à moi, eh bien, j'étais dans l'état où vous me voyez. Ça fait un choc.

— Excepté la patte, vous avez aperçu autre chose de la bête ?

— Non, rien du tout. C'est allé très vite... Par contre, j'ai senti une odeur...

— Une odeur ?

— Yop. Une odeur de forêt, vous savez, de feuilles mortes. »

Sur le boîtier, les équations s'effacent pour laisser place à la plus simple et la plus fausse des opérations :

1+1=1

« Elle marche pas, votre brandade, lâche Perck en voyant le résultat depuis sa table.

— Ma brandade, comme vous dites, est un détecteur de décohérence. Je l'ai acheté en solde sur Cortex-Market l'année dernière, juste par curiosité. Je n'imaginais pas que j'aurais un jour l'occasion de m'en servir... Perck, j'ai une bonne nouvelle. Votre bras et votre tête sont encore reliés à votre corps. La bête ne vous a pas vraiment coupé en morceaux... Ce que nous voyons est une aberration spatiale, une illusion en quelque sorte. La bête vous a *décohéré*.

— Et je vais m'en remettre ? demande Perck.

— Je dois vous avouer que je n'en sais rien. Un tel phénomène n'a jamais été observé. Mais je ferai tout mon possible pour vous tirer d'affaire ! »

La détermination de Roméolazar se lit sur son visage.

Et sur ses poignets qu'il gratte furieusement.

6

Roméolazar a le don pour poser des questions embarrassantes à sa fille. Du genre : « Zita, tu veux m'expliquer pourquoi tes cheveux sont violets, ce matin ? » ou « Zita, que fait mon synthétiseur moléculaire sous ton oreiller ? » ou encore : « Zita, d'où viennent ces traces de ventouses sur ton front ? »

Mais la question embarrassante du jour est de loin la pire à laquelle Zita ait eu à répondre :

« Zita, dis-moi qui est la personne en train de prendre une douche dans ta salle de bains ? »

Dans une telle situation, la jeune fille n'a que deux possibilités. Soit baisser la tête et laisser traîner de longs

« euuuuuh... » en espérant que son père finisse par oublier sa propre question — ça ne marche jamais. Soit contre-attaquer pour faire diversion.

Elle choisit cette dernière alternative.

« Et toi, tu pourrais frapper avant d'entrer !

— Zita, réponds-moi, s'il te plaît.

— C'est mon fantôme. Il a un nom à rallonge, alors je l'appelle Alban. Et je te jure que c'est vrai ! »

Le garçon, propre et rafraîchi, choisit cet instant pour sortir de la salle de bains. Il tombe nez à nez avec Roméolazar qui l'accueille en lui lançant un regard plus noir encore que la surface de Boule de Nuit.

Sous le coup de la surprise, Alban reste pétrifié. Seules quelques syllabes inarticulées s'échappent de sa bouche.

« Je ne te présente pas mon père, lui dit Zita. J'imagine que tu le connais déjà. »

Le garçon hoche la tête et ravale sa salive. Par un effort surhumain, il parvient à souffler :

« Bonjour, monsieur...

— Qu'est-ce que tu fais dans la chambre de ma fille ? lui rétorque Roméolazar d'une voix glaciale.

— Euuuuuh... »

Zita entreprend alors d'expliquer la situation à son père, Alban en étant incapable.

« Un armstrong, il ne manquait plus que ça, soupire le vétérinaire. Qu'est-ce qu'on va faire de toi ?

— Il peut rester avec nous, plaide Zita. Allez, Papadoc...

— Ce garçon n'est pas un animal abandonné que l'on peut adopter. Il y a des lois. Il faut le renvoyer chez lui. »

Alban se met à sangloter :

« Non, s'il vous plaît, ne me renvoyez pas chez moi ! Je ne veux pas y retourner ! Je serai obligé de porter la robe de pureté jusqu'à la fin de mes jours ! »

Roméolazar ferme les yeux et commence à se masser le front.

« Bon... Dans l'immédiat, j'ai d'autres soucis. Nous verrons plus tard. Par contre... »

Le vétérinaire s'interrompt pour fouiller dans la poche de sa blouse. Il en retire une seringue d'une taille impressionnante remplie d'un liquide argenté.

« Remonte ta manche, s'il te plaît.

— Qu'est-ce que vous voulez faire ? gémit Alban en louchant vers la seringue.

— T'injecter un antiviral. Par précaution. Je ne tiens pas à ce que tu déclenches une épidémie d'orangeole ou d'ultrascaralatine. Car je suppose que sur ta planète, on ne vaccine pas les enfants.

— Non... On n'a pas le droit ! Les piqûres, c'est mal ! »

Alban recule de quelques pas. Sa main cherche à tâtons le bouton d'ouverture de la porte de la salle de bains.

« Tu as peur des piqûres ? » s'étonne Zita, à la fois amusée et navrée par la réaction d'Alban.

Le garçon ne répond pas. Il a enfin trouvé le bouton d'ouverture et continue de reculer vers la salle de bains, avec la ferme intention de s'y enfermer pour échapper à l'injection promise.

À l'autre bout de la chambre, Roméolazar presse le piston de la seringue. Le liquide argenté jaillit comme un rayon, dessinant à travers la pièce une aiguille de plusieurs mètres dont l'extrémité s'enfonce brièvement dans l'épaule d'Alban.

Une seringue à aiguillon semi-liquide ; c'est très pratique quand le vétérinaire doit faire une piqûre à un animal dangereux... ou à un jeune garçon récalcitrant.

Sitôt l'injection administrée, Roméolazar tire le piston, et l'aiguille se rétracte aussi rapidement qu'elle est apparue.

Alban se fige sur le seuil de la salle de bains. Il n'a absolument rien senti, mais, pour le principe, il se frotte l'épaule en ravalant un sanglot.

« Tu vois, lui dit Zita, ce n'était pas si terrible.

— Si ! se récrie le garçon. Maintenant, je suis pollué de l'intérieur ! »

Pollué de l'intérieur ? Zita a du mal à se retenir de rire.

« Bon, fait Roméolazar en rangeant la seringue, j'ai déjà perdu assez de temps comme ça. Zita, ce garçon est sous ta responsabilité.

— Pffff, soupire la jeune fille. Et au sujet de Pussycat, tu as avancé ?

— Pussycat ?

— C'est comme ça que les mineurs baptent la créature.

— Alors, si c'est comme ça qu'ils la... baptent, appelons-la nous aussi Pussycat. »

Roméolazar décrit à sa fille ce qu'il a vu dans le module médical. Alban vient enfin s'asseoir sur le lit, mais à bonne distance de Zita et de son chien. D'un côté, il est curieux d'entendre le compte-rendu du vétérinaire ; de l'autre, il se sent honteux, car, selon *Le Livre des 700 vérités*, la curiosité est, avec la gaieté, la nage sur le dos et les divisions à trois chiffres, le mal absolu.

« Mais qu'est-ce que c'est que cette bête ? s'interroge finalement Zita.

— C'est ce que je vais essayer de découvrir en descendant dans la mine... Si nous partons du principe que Pussycat est un prédateur, alors il doit avoir une tanière et un territoire de chasse. GOCO, affiche un plan de la mine, veux-tu ?

— Yop, pépère ! fait la voix de l'ordinateur. J'te taraboule une cartographie complète des pouilles. »

Alban laisse échapper un gémissement. Zita se tourne vers lui. Le garçon s'est recroquevillé et a plaqué ses mains contre ses oreilles. Elle soupire :

« Qu'est-ce que tu as encore ?

— On n'a pas le droit de se connecter à GOCO ! Ni à aucune autre intelligence artificielle ! C'est mal !

— J'ai l'impression que c'est surtout à votre propre cerveau que vous n'avez pas le droit de vous connecter ! », lui lance la jeune fille avant de reporter son attention sur le plan qui s'esquisse sous ses yeux, en trois dimensions.

Celui-ci évoque les racines d'une plante dont la tige serait figurée par le gouffre. Zita compte plus d'une centaine de galeries qui rayonnent dans toutes les directions, se croisent, se ramifient en boyaux secondaires. Les plus longues descendent jusqu'au centre de la planète.

« GOCO, commande Roméolazar, marque le lieu de chaque agression.

— Yop ! »

Quatre points rouges apparaissent. Ils sont assez proches les uns des autres, mais dans des galeries différentes et pas nécessairement reliées entre elles. Roméolazar tourne autour du plan. Sa fille se lève et l'imite.

« Ça forme presque une pyramide, dit-elle.

— Plus précisément un tétraèdre. Et je crois que c'est au centre de ce tétraèdre que nous devons chercher la tanière de Pussycat.

— Mais je ne vois aucune galerie passant par là.

— Ce plan n'indique que les galeries qui ont été forées par les mineurs. Notre animal est peut-être capable de creuser ses propres galeries... Le plus simple serait de descendre par le puits 76.

— Le 76 ! C'est justement dans ce puits que travaille Solea.

— Solea ?

— Oh, une copine…

— Et je dois aussi m'attendre à la trouver dans ta salle de bains ? »

Alban s'est endormi, assis dans un coin de la chambre. Zita ne lui a pas proposé de partager son grand lit. De toute façon, il aurait refusé.

La jeune fille a, pour sa part, du mal à trouver le sommeil. Elle gigote sous ses draps, se tourne d'un côté, de l'autre, pose sa tête sur l'oreiller, puis l'oreiller sur sa tête, puis, finalement, l'oreiller sur la tête de Wormy qui dort à ses pieds en ronflant comme un tuyau de vaisseau spatial.

Dans la pénombre, les murs de diamant réfléchissent le clignotement de ses ongles. Zita n'arrive pas à fermer les yeux. Elle regarde le plafond avec la sensation de flotter au milieu d'un cosmos peuplé de lucioles. À une époque très lointaine, quand toutes les galaxies n'en formaient qu'une seule, l'univers devait ressembler à ça : un tourbillon d'étoiles multicolores.

Curieusement, au lieu de la bercer et de l'inciter au sommeil, ce spectacle la tient éveillée. Elle ressent, à le contempler, un mélange d'angoisse et d'excitation. Cela lui rappelle le jour de sa première sortie dans l'espace, sans scaphandre, dans une bulle d'atmosphère maintenue par un champ magnétique. Elle avait huit ans. Autour d'elle, il n'y avait plus de haut ou de bas, juste le vide, immense, infini...

Au début, elle s'était sentie légère, libre comme un atome d'hydrogène.

Puis la peur était venue. La peur de quoi ? De tomber ? De perdre l'atmosphère artificielle qui l'entourait et lui permettait de respirer ? De disparaître dans un trou noir ? Elle n'aurait pas su le dire.

La peur, simplement.

Et cette nuit, la peur s'invite à nouveau.

Le long d'une ligne sinueuse, les étoiles sur le mur de diamant s'éteignent les unes après les autres.

Quelque chose de sombre semble couler du plafond vers le sol en se balançant. Zita commence à percevoir une odeur bizarre, pas le genre d'odeur que l'on s'attend à sentir dans une station minière : celle des feuilles mortes, de la forêt après la pluie.

Elle est tellement effrayée qu'elle ne parvient plus à bouger. Elle en est persuadée : Pussycat est là, quelque part dans la chambre. Elle voudrait appeler son père, réveiller son chien, même ce trouillard d'Alban, n'importe qui. Mais elle n'arrive pas à desserrer les mâchoires.

À présent, elle distingue la silhouette de la bête s'avancer vers le lit. Un long museau, des oreilles en forme de fer de lance, des yeux en amande dépourvus de pupilles.

Zita a l'habitude des animaux. Depuis qu'elle est née, la jeune fille vit en compagnie d'un incroyable bestiaire venu des quatre coins de la galaxie. Elle a fini par développer un don : celui de deviner ce que les bêtes ressentent.

Zita en est donc presque certaine : la bête en face d'elle ne lui veut aucun mal.

Mais alors que veut-elle ?

L'animal, sans avoir pris le moindre élan, bondit brusquement vers Zita. Il passe au-dessus d'elle et semble poursuivre sa course à travers le mur, suivi par une queue interminablement longue. La jeune fille ferme les yeux avant d'en voir la fin.

Quand elle les rouvre, Pussycat a disparu.

Zita attend que les battements affolés de son cœur se calment, puis elle se lève et va se passer de l'eau sur le visage. L'odeur de forêt flotte encore dans la chambre. Elle retourne au lit, récupère son oreiller sur la tête de Wormy, qui n'a évidemment pas daigné lever une paupière, et se glisse sous les draps.

Est-ce que j'ai rêvé ? se demande-t-elle. *Si c'était un rêve, ça valait largement une séance de psycho-ciné.*

Quelques minutes plus tard, malgré la peur qu'elle a ressentie et toutes les questions qui tournent dans sa tête, Zita s'endort.

7

Solea a été désignée pour guider Roméolazar dans le puits 76. Elle connaît parfaitement cette galerie et pourrait y descendre les yeux fermés. C'est une des mineuses les plus expérimentées de la station.

On a cependant omis de lui dire que le vétérinaire ne serait pas seul. Et en découvrant la petite troupe qui l'accompagne, elle ne peut s'empêcher de froncer les sourcils. Il y a la jeune Zita, dont elle a fait la connaissance la veille, son chien, un garçon qu'elle n'a jamais vu — et qui n'a pas l'air dans son assiette — et un zoup à peine sevré.

« Monsieur, dit-elle à Roméolazar en guise de bienvenue, je ne sais pas si c'est très prudent d'emmener tout ce petit monde en bas. La galerie est sécurisée, mais ça peut tout de même devenir dangereux.

— J'en suis conscient, lui répond le vétérinaire. Mais si j'interdis à ma fille de m'accompagner, on devra la placer de force en cellule de stase. Sinon, elle se débrouillera pour partir toute seule à la recherche de l'animal. Alors, autant qu'elle soit à mes côtés. Quant à son chien, il la suit partout. Le garçon, il s'appelle Alban, ne veut pas rester seul. Et le zoup... Il ne quitte plus le chien. Je me demande même s'il ne le prend pas pour sa mère...

— Papadoc ne descend jamais dans la pouille sans sa broche, ajoute Zita pour montrer qu'elle maîtrise à la perfection l'argot des mineurs. Ne vous inquiétez pas. On sera sages. »

Alban acquiesce avec ardeur.

Le garçon a consenti à des efforts depuis qu'ils se sont levés. Il n'a dit : « On n'a pas le droit, c'est mal ! » que trois fois. La première quand on lui a servi un bol de chocolat, la seconde quand un robot est venu débarrasser la table du petit déjeuner, la troisième quand il a fallu entrer dans les vestiaires où Solea les attendait.

« Bon, finit par lâcher la mineuse. Vous allez vous changer. Je vais vous sortir des combinaisons. Je sais, elles ne sont pas très belles. Mais leurs fibres contiennent des particules de diamant, ce qui les rend particulièrement résistantes. Et puis, c'est la règle. On ne descend pas sans combinaison. »

Le visage d'Alban se crispe. D'un ton presque tragique, il gémit :

« Ça veut dire qu'il va falloir qu'on se déshabille ? Ici ? Dans des... vestiaires ?

— Ben, d'habitude, c'est à ça que servent les vestiaires, lui répond Solea. Il n'y a pas de vestiaires là d'où tu viens ?

— Non ! Ce serait mal !

— Alors, où est-ce que vous vous déshabillez ?

— On ne se déshabille pas... »

Solea comprend qu'il est inutile d'insister. Elle distribue à chacun les uniformes et montre un casier dans lequel le garçon, Zita et son père pourront ranger leurs affaires.

Alban court se changer au fin fond de la salle, derrière une enfilade de casiers.

« Vous l'avez trouvé où, celui-là ? demande la mineuse, amusée par les simagrées du garçon.

— C'est lui qui nous a trouvés », soupire Roméolazar.

Les voilà fin prêts. Le vétérinaire a passé sa blouse sur sa combinaison. Solea a fixé une foreuse à son bras. Et Alban semble avoir survécu à l'épreuve du vestiaire.

Les longs couloirs permettant d'accéder aux entrées de puits sont le théâtre d'un incessant ballet de zoups et de mineurs armés de leurs fraises. Les uns remontent, les autres descendent. La mine ne s'arrête jamais de fonctionner. Des robots quadrupèdes, sortes de mules à la démarche brinquebalante, transportent des monceaux de charbon. On y surprend l'éclat de diamants parfois gros comme un ballon.

Durant un moment, le groupe traverse un immense dédale de tapis roulants sur lesquels les mules viennent déverser leurs charges. Dans un brouhaha assourdissant, des machines pilonnent le charbon, d'autres le tamisent, attirant autour d'elles des essaims de zoups. Les diamants sont délicatement récupérés par des bras articulés qui font penser aux longues pattes d'une araignée, scannés par des yeux électroniques puis lavés avec soin avant d'être déposés dans des bacs en fonction de leur taille et de leur qualité.

Curieusement, Alban ne trouve rien à redire à cette usine. C'est à peine s'il y jette un regard. Zita est autrement impressionnée. Pour elle, toute cette technologie date d'une époque révolue depuis des siècles. Il y a du bruit, des odeurs d'huile, des machines pesantes et dangereuses. Il faut être un terragène pour supporter tout ça.

Wormy non plus n'a pas l'air d'apprécier la visite. Il marche, la queue et la tête basses, collé aux jambes de sa maîtresse. Tandis qu'au-dessus de lui, le zoup aspire la poussière de charbon comme un poisson des daphnés à la surface de son aquarium.

Le calme revient. On s'entend à nouveau respirer. Le couloir que Solea leur fait à présent emprunter est désert. Il conduit directement au puits 76 dont l'exploitation a été arrêtée pour la journée.

Le puits est un modèle réduit du gouffre : un trou large de quelques mètres, d'une noirceur étouffante, qui plonge verticalement dans les entrailles de Boule de Nuit. Il s'ouvre dans le sol d'une pièce ovale. Dans un coin, une mule robot est couchée, les pattes repliées sous le ventre. À l'entrée de Solea, elle s'active, se relève et s'avance vers le groupe comme si elle espérait qu'on lui donne une carotte. La mineuse lui tapote l'encolure.

« Après le zoup, la mule est le meilleur ami du mineur », dit-elle.

Zita contourne le robot pour s'approcher du trou.

« C'est profond ? demande-t-elle.

— Trois kilomètres de chute libre, lui répond Solea.

— Et on descend comment ?

— Avec un CAG.

— Un gag ? Je ne suis pas sûre que rire va nous aider à survivre à une chute de trois kilomètres.

— Un CAG ! C'est l'abréviation de *Crottin Anti-Gravité*... Regarde... »

Solea donne une petite claque sur le flanc de la mule. Celle-ci s'approche à reculons de puits, tend son arrière-train au-dessus du vide et lâche ce qui ressemble effectivement à du crottin. Mais du crottin de robot : métallique et sans odeur.

« En tombant, explique Solea, le CAG va déployer un champ de gravité inversée qui ralentira notre chute. Nous remonterons de la même manière : en planant. Par contre, l'effet ne dure que six heures. Passé ce délai, nous serons coincés en bas.

— Chouette ! fait Zita qui n'a pas écouté la dernière partie de l'explication. J'adore la gravité inversée ! »

Alban ne partage pas du tout l'enthousiasme de la jeune fille. La gravité inversée le terrifie ! Et il ne peut même pas prendre *Le Livre des 700 vérités* comme prétexte, car celui-ci ne dit rien à ce sujet.

« Je crois que... que j'ai oublié quelque chose dans le vestiaire ! » bredouille-t-il.

Il fait deux pas en arrière et bute contre la croupe de la mule. Les capteurs en forme d'oreille du robot se dressent, puis ses pattes arrière décochent une ruade dans le dos d'Alban qui se voit projeté vers le puits. Zita tente de le rattraper, mais le garçon repousse son bras — parce que, ainsi qu'il est dit dans le livre, les contacts physiques, c'est mal.

Au moment de basculer dans le trou, Alban songe, trop tard, que *Le Livre des 700 vérités* ne raconte décidément que des idioties.

Son hurlement résonne jusque dans l'usine.

« Il a l'air de tomber drôlement vite, quand même, constate Zita.

— Le champ de gravité inversée n'est pas encore en place, lui révèle Solea. Mais ne t'inquiète pas. Il le sera d'ici une dizaine de secondes. Donc, bien avant qu'il touche le fond... »

Zita et son père écoutent le cri d'Alban décroître pendant que Solea regarde le chronomètre intégré à sa combinaison.

« C'est bon, annonce-t-elle. Le champ est effectif.

— Mais on l'entend toujours crier...

— Il n'a pas dû se rendre compte qu'il ne tombe plus... Je passe la première. À tout à l'heure, dans la pouille. »

Sans l'ombre d'une hésitation, la mineuse saute dans le puits, sa foreuse repliée contre son torse.

Zita prend Wormy dans ses bras. Avant de plonger, elle soupire :

« Toi, tu as encore grossi. Alors qu'Alban te volait tes croquettes... Je ne comprends pas comment tu fais. »

Le zoup file à leur suite.

C'est enfin au tour de Roméolazar.

Quand tout le monde a disparu, la mule retourne s'allonger dans son coin pour poursuivre la partie de petits chevaux qu'elle avait commencée contre trois versions différentes d'elle-même.

D'après son processeur logique, elle a 100 % de chance de gagner...

Et 100 % de chance de perdre.

« C'est yotta génial ! » s'égosille Zita en planant telle une feuille morte à travers les trois kilomètres du puits.

Le champ de gravité inversée a parfois des ratés, et durant quelques mètres, la jeune fille se met à tomber, à tomber pour de vrai, en poussant un cri de terreur et de joie. Puis l'effet du champ se fait à nouveau sentir.

Elle tombe, elle plane, tombe, plane, tombe, plane... C'est mieux que toutes les fêtes foraines de la galaxie. À part peut-être celle de Pollux-1-s. Là-bas, ils ont une grande roue qui tourne autour d'un trou noir artificiel et gruge la lumière. Le temps y est alternativement ralenti et accéléré. On a la tête qui s'allonge comme un spaghetti. Vers la fin, il faut reconnaître que ça donne un peu envie de vomir.

Des lampes, fichées dans les parois du puits tous les cinquante mètres, ponctuent la descente de Zita. Le premier kilomètre est franchi. Wormy commence à gigoter dans les bras de la jeune fille qui finit par le lâcher. Le zoup vient aussitôt tourner autour du chien, tel un satellite autour d'une planète. Ce n'est pas du goût de Wormy qui jette quelques aboiements ; si l'on peut appeler aboiement cette espèce de toux ridicule. Le zoup, bien que muet, semble lui répondre quelque chose comme : « Moi aussi, je t'aime. »

Encore un kilomètre et ils auront atteint la pouille du puits.

Zita lève les yeux. Son père flotte à quelques mètres au-dessus d'elle. Il tient entre ses mains son détecteur de décohérence. C'est d'ailleurs Zita qui l'a convaincu d'acheter cet appareil sur Cortex-Market, boutique virtuelle de gadgets inutiles et d'implants bon marché, dont la jeune fille connaît tout le catalogue par cœur.

« Tu vois qu'ils ne vendent pas que des brandades débiles sur Cortex-Market ! » lui lance-t-elle.

Roméolazar préfère ne pas répondre.

On distingue enfin le fond du puits. Solea y a déjà pris pied. Elle réconforte Alban qui se tient prostré dans un coin, visiblement très éprouvé par sa descente involontaire.

Zita se pose doucement à leurs côtés. Le garçon claque des dents.

« Tout va bien, c'est fini, le rassure Solea.

— Je je je... s... suis... mort ? demande-t-il.

— Mais non, tu n'es pas mort. Tu n'as rien.

— En tout cas, tu cries super bien », le complimente Zita tout en aidant Wormy à se relever, car il a atterri sur le dos.

La jeune fille jette un regard autour d'elle. Les quelques lampes-champignons plantées dans le sol ne parviennent pas à effacer les ténèbres de la mine. On y voit juste assez pour éviter de heurter les fins piliers métalliques qui soutiennent le plafond.

Zita songe à la masse incroyable qui pèse au-dessus de leurs têtes. Si l'on compte les sept kilomètres du gouffre, ils se tiennent à dix kilomètres sous la surface, une distance dérisoire dans l'espace, mais terrifiante quand on se trouve dans le sous-sol d'une planète.

On devine le départ de plusieurs galeries très étroites. La bête est peut-être tapie dans l'une d'elle, en train de les observer.

Zita réprime un frisson.

« Et maintenant ? demande-t-elle.

— Les animaux laissent toujours des traces, lui répond son père. Cherchons-les.

— Je vais vous donner de la lumière », dit Solea.

Elle appuie sur un bouton à l'intérieur du manchon de sa foreuse. Une puissante lumière fuse de la tête de l'engin. Solea commence à balayer le sol avec cette torche. Mais les seules empreintes visibles sont celles laissées par les chaussures des mineurs et les pattes des mules robots.

Soudain, Wormy se tourne vers l'une des galeries et se met à grogner.

« Je crois que Wormy a flairé quelque chose ! » lance Zita.

Roméolazar hausse les épaules.

« Tu sais bien que Wormy n'a pas de flair.

— Il a du flair ! Il est juste trop feignant pour l'utiliser. »

Le vétérinaire s'approche de l'ouverture désignée par le chien. Sur l'écran convexe de son détecteur s'affiche une fois encore l'opération aberrante :

$$1+1=1$$

Et l'appareil n'en démord pas.

« Je retire ce que j'ai dit sur ton chien, chuchote Roméolazar.

— Qu'est-ce qu'on attend pour aller voir ? » propose Zita, les yeux brillants d'excitation.

Alban esquisse alors une grimace embarrassée. Il regarde ses pieds et puis demande :

« Ça ne vous embête pas si je fais pipi d'abord ? »

8

La galerie est aussi étroite qu'oppressante. Il faut parfois se pencher pour ne pas se cogner au plafond. Le sol est jonché de morceaux de charbon qui prennent, sous la lampe de Solea, des allures de fauves embusqués, prêts à bondir.

Seule note de gaieté dans ces ténèbres souterraines : les ongles clignotants de Zita.

Alban ferme la marche. Il aurait bien aimé échanger sa place avec Zita qui se trouve juste devant lui, mais il n'ose pas lui demander, de peur de passer définitivement pour un trouillard...

Qu'est-ce qui est le pire ? Marcher en tête ou en queue ? Devant, au moins, on peut voir venir le danger. Derrière, par contre, n'importe quoi peut se glisser sans prévenir dans votre dos.

Alban regrette amèrement sa pause-pipi.

« Il y a une drôle d'odeur dans l'air », murmure soudain Roméolazar.

Solea s'arrête pour renifler.

« C'est vrai... Ça fait penser à un sous-bois...

— J'ai déjà senti cette odeur, confesse Zita. Cette nuit, dans la chambre... Je ne te l'ai pas raconté, Papadoc, parce que je me demandais si je n'avais pas rêvé. Mais j'ai vu Pussycat...

— Tu l'as vu ? Dans ta chambre ?

— Yop... Enfin, oui. Il était là, et à la fois, il n'y était pas. Il a sauté par-dessus le lit et il s'est enfoncé dans le mur, comme un fantôme. Comme un vrai fantôme !

— Maurandjac t'a donné la chambre adamantine ? » demande Solea.

Zita acquiesce.

« On raconte des choses sur cette chambre, révèle alors la mineuse. Il y a deux mois, on y a logé la chanteuse Ibasoubac. Elle était venue donner un concert pour les employés de la mine. Après y avoir passé une nuit, elle a demandé à changer de chambre et a refusé de dire pourquoi. Peu de temps avant, un technicien qui installait le diffuseur ionique de la douche a dit qu'il avait entendu de drôles de bruits dans les murs, comme des hululements... Et un autre a prétendu avoir vu des images à travers le diamant, des images de plantes, d'arbres, de jungle... »

Tandis que Solea parle, le vétérinaire se gratte les poignets, un coup l'un, un coup l'autre, avec la même vigueur que s'il ratissait une allée de graviers.

« Papadoc, soupire Zita, tu vas finir par t'écorcher.

— Je réfléchis...

— Et tu es vraiment obligé de faire ça quand tu réfléchis ?

— Faire quoi ?

— Oh, rien... Laisse tomber...

— J'ai une théorie... Je dois en avoir le cœur net ! GOCO !

— On m'appelle, je taraboule ! » annonce le Grand Ordinateur Cosmique d'une voix un peu lointaine ou étouffée.

Roméolazar ramasse sur le sol un morceau de charbon.

« Donne-moi le nombre d'atomes de carbone contenu dans ce morceau. »

Zita se demande si son père n'est pas en train de perdre la tête. À quoi cela pourrait-il leur servir de connaître le nombre d'atomes d'un bout de charbon ?

La réponse de l'ordinateur tarde à venir. D'habitude, c'est le genre de calcul qu'il opère instantanément.

« GOCO, s'impatiente le vétérinaire. La réponse, s'il te plaît.

— Je suis dans la pouille, pépère, lui rétorque enfin l'ordinateur. Calcul impossible.

— Pourquoi ?

— Aucun des atomes de cette brandade n'est dans ma banque de données.

— Mais toute la matière de l'univers est dans ta banque de données !

— Yop. Toute la matière, sauf ce caillou... et la planète à laquelle il appartient. »

Roméolazar laisse tomber le morceau de charbon sur le sol. Il est tellement abasourdi qu'il ne songe même plus à se gratter les poignets.

« Il ne peut y avoir qu'une explication... »

Une alarme assourdissante, provenant de la foreuse de Solea, couvre la voix du vétérinaire.

« Qu'est-ce qui se passe ? s'exclame Zita.

— La foreuse a détecté du grisou ! Il faut qu'on rebrousse chemin tout de suite !

— C'est quoi du grisou ? demande le garçon d'une voix paniquée.

— Un gaz qui peut exploser à la moindre étincelle. »

Alban n'a pas besoin d'en savoir plus. Il fait volte-face et détale.

« Non, attends ! lui crie Solea. Je dois passer devant pour éclairer le passage ! »

Le garçon n'écoute pas l'avertissement et continue à courir.

« Brandade moisie ! » gronde la mineuse en se précipitant à sa poursuite.

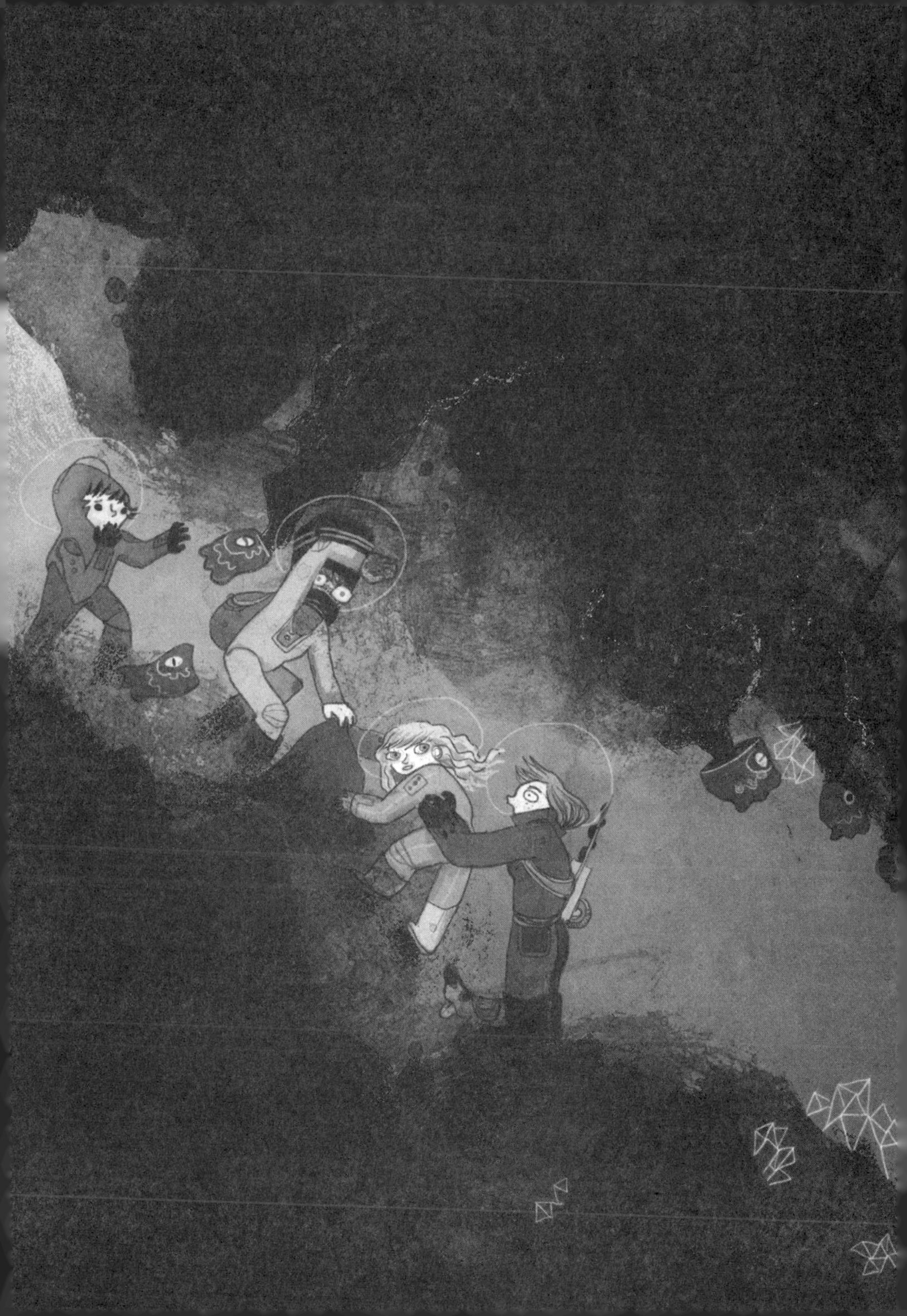

Zita attrape Wormy par son collier. Roméolazar saisit sa fille par la main. Et le zoup, animal plutôt lent, fait ce qu'il peut pour les suivre en rebondissant contre les parois de la galerie.

L'obscurité a englouti Alban. On entend seulement sa foulée et les « aïe ! » qu'il pousse quand il se cogne.

Puis, après une centaine de mètres, les bruits de sa course cessent soudainement. Solea s'arrête et braque le faisceau de sa lampe devant elle.

À la limite entre la lumière et les ténèbres, elle aperçoit Alban qui se tient immobile, tourné dans sa direction, les jambes tremblantes et l'air terrorisé. Quelque chose s'est enroulé autour de son torse : une longue queue noire dont on ne voit ni le début ni la fin.

« Je crois... que j'ai trouvé... votre animal... balbutie le garçon.

— Ne bouge surtout pas, lui conseille Roméolazar.

— J'ai bien trop peur pour ça... »

Derrière Alban, un museau émerge des ombres. Sa gueule s'ouvre pour découvrir deux rangées de dents pointues, puis tire une langue couverte d'écailles tranchantes. On pourrait s'en servir d'épluche-légumes.

Tout le monde s'attend à ce que l'animal grogne ou rugisse. Mais au lieu de cela, il émet un curieux son, doux et flûté, presque un pépiement.

« Il est là, derrière moi, hein ? sanglote Alban. Il va me manger. Et on n'a pas le droit de se faire manger... C'est mal... »

Roméolazar glisse lentement la main dans sa poche pour en sortir son fusil soporifique.

C'est alors que l'alarme de la foreuse se déclenche à nouveau. Aussitôt, la gueule de Pussycat se referme sèchement et sa queue se resserre autour du pauvre Alban.

Avant que Solea n'ait pu couper la sirène, une patte jaillit de l'obscurité. Elle n'est reliée à rien, mais une vie propre semble l'animer. Elle fond sur la femme qui lève sa foreuse pour se protéger. Les sept griffes entament l'alliage ultra-résistant de la fraise comme si cette dernière était en mousse.

Le sommet se détache, mettant à nu plusieurs câbles électriques.

Une étincelle se produit.

Solea a le temps d'ouvrir la bouche, mais pas celui de crier. Le coup de grisou jette tout le monde à terre. Un souffle brûlant, chargé de poussière, envahit la galerie. Des pans entiers de paroi s'effondrent.

Zita a l'impression qu'on l'a balancée, comme un vulgaire bout de charbon, sur l'un des tapis roulants de l'usine d'extraction de diamants.

On la pilonne, on la réduit en morceaux, on la tamise...

Et des centaines de zoups viennent aspirer sa poussière jusqu'à ce qu'il ne reste plus rien.

Dix loupiotes colorées : c'est tout ce que Zita parvient à voir. Tout le reste n'est que ténèbres. Ses oreilles sifflent. Elle a le goût du charbon dans la bouche. Prudemment, elle se redresse sur ses coudes. Une quinte de toux la secoue.

Elle tâte le sol autour d'elle et sent de la fourrure. Épaisse, emmêlée et un peu rêche. Pas de doute : c'est Wormy.

Le chien remue. Sa tête émerge d'un tas de charbon.

« Tu n'as rien ? » lui demande-t-elle.

Wormy achève de se dégager et se laisse glisser sur les genoux de sa maîtresse. Zita le caresse avec chaleur et presse sa tête contre la sienne.

Après qu'elle a repris ses esprits et que le sifflement dans ses oreilles s'est un peu calmé, elle appelle :

« Papadoc ! Alban ! Solea ! Vous êtes où ? Papadoc ! Tu m'entends ? Quelqu'un m'entend ? »

Seul le bruit d'un éboulement quelque part dans la galerie lui répond.

Ne panique pas, ne panique pas, se répète la jeune fille. *D'accord, tu es dans le noir, au fond d'une mine et il y a une bête sauvage qui traîne dans le coin, mais ce n'est pas une raison pour paniquer !*

Zita se rappelle alors qu'elle porte une combinaison de mineur. Celle-ci doit être pourvue de fonctions de survie. Pleine d'espoir, elle promène sa main sur son corps à la recherche d'un système tactile ; et aussi pour vérifier qu'elle est entière.

Il semblerait. C'est déjà ça.

Elle finit par trouver un petit bouton au niveau du genou gauche. Elle le presse et une giclée de liquide lui saute au visage. La combinaison contient certainement une poche d'eau.

Bon, au moins elle ne mourra pas tout de suite de soif.

Ses doigts rencontrent un second bouton, à la hauteur de son nombril. Elle l'effleure, s'attendant à recevoir en pleine face de la brandade de zoup déshydratée. Mais c'est une musique tonitruante qui retentit depuis la semelle de ses chaussures. Zita sursaute et rappuie sur le bouton pour couper ce vacarme avant qu'il ne provoque un éboulement.

« Crottozut ! »

À force de tâtonnements, la jeune fille découvre un troisième bouton, derrière son épaule droite.

Qu'est-ce que ça va déclencher, cette fois ? Un feu d'artifice ?

Le doigt de Zita hésite un instant.

Tant pis, on verra bien... Au point où j'en suis...

Clic.

La combinaison se met à luire ! Il doit y avoir des fibres optiques intégrées dans le tissu. La luminosité est faible, mais c'est suffisant pour y voir un peu.

Wormy lui apparaît. Il est méconnaissable. Tout son pelage est couvert de noir de charbon. Zita imagine qu'il en est de même de son propre visage et de ses cheveux.

Face à elle, la galerie est totalement bouchée. La jeune fille essaye de dégager l'éboulis. Wormy vient lui prêter main-forte. Mais elle se rend vite compte que c'est peine perdue. La masse de charbon qui s'est détachée du plafond est énorme ; il faudrait la foreuse de Solea pour en venir à bout.

Zita espère surtout que son père et ses amis ne sont pas en dessous.

Un gros diamant a roulé entre ses genoux. Autrefois, une gemme de cette taille aurait fait d'elle l'enfant la plus riche du monde. Mais depuis que les humains exploitent les ressources d'autres planètes, les diamants sont devenus un matériau presque banal.

Zita ramasse la gemme et donne quelques coups sur les gravats.

Des coups semblables lui parviennent. Ils sont faibles et la jeune fille est obligée de coller son oreille contre l'éboulis pour les percevoir clairement.

Après la métamorphose de sa mère en cristal, Zita s'est mise à apprendre un très ancien code terrien appelé le morse. Elle l'utilise pour envoyer des messages lumineux à sa mère. À force, elle a fini par le maîtriser à la perfection. Son père est moins doué qu'elle, mais il se débrouille.

« *Papadoc ?* demande-t-elle en frappant la roche avec le diamant.

— *Gita ?* » s'entend-elle répondre.

C'est bien Papadoc ! Il confond toujours le Z — deux coups longs, deux coups courts — et le G — deux coups longs, un coup court.

« Oui. Vous allez bien ?

— Tout re monde va bien. »

Il confond aussi le L — court, long, court, court — et le R — court, long, court.

« Et Pussycat ?

— Ir a dispalu... Leste où tu es, nous arrons chelchel du secouls.

— O.K. »

Rassérénée, Zita s'assoit contre la paroi. Wormy partage les sentiments de sa maîtresse, car sa queue se met à battre en soulevant un petit nuage de poussière.

Fusant des gravats comme un ballon téléguidé, le zoup, indemne et en pleine forme, s'en va jouer l'aspirateur derrière Wormy. Plus infatigable qu'un robot ménager, il entreprend ensuite de débarrasser le pelage du chien de toute la poussière.

Zita s'offre un éclat de rire.

Une espèce de gazouillis venant du fond de la galerie lui répond.

La jeune fille se redresse, les sens en alerte.

Ils ne sont pas seuls...

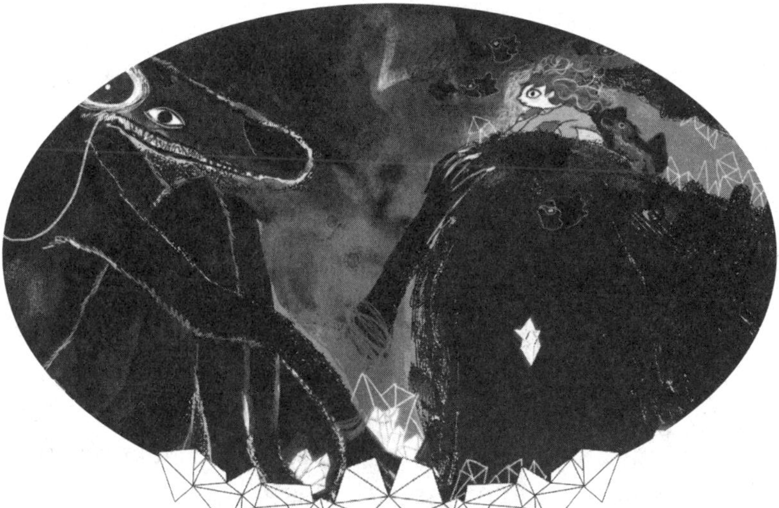

9

Le plafond de la galerie est trop bas pour que Zita parvienne à se mettre debout. Elle ne peut, au mieux, que s'accroupir. Une posture peu recommandée quand on doit faire face à un fauve.

Pussycat se tient à quelques mètres de la jeune fille. Comment s'est-il retrouvé dans ce tronçon, avec elle ? Il doit connaître les moindres trous ou fissures de la mine ; ou bien il peut réellement traverser la matière.

Zita peine à voir à quoi il ressemble précisément. Mais il n'a pas l'allure de la bête venue la visiter dans sa chambre. Il est recroquevillé sur lui-même comme si on l'avait tassé dans une boîte. Sa queue sans fin flotte au-dessus de lui. L'une de ses pattes est plantée dans la paroi. Une autre rampe au plafond.

Zita a l'intuition que la bête ne se trouve pas dans son état normal, qu'elle souffre d'être ainsi dispersée en plusieurs morceaux.

Elle se souvient des conseils de son père : ne jamais regarder un animal dans les yeux. Ne jamais s'avancer droit sur lui. Prendre son temps, faire des gestes lents, se placer légèrement de côté, et, en guise de bonjour, lui présenter le dessus de la main pour qu'il le flaire.

Roméolazar appelle cela « la politesse animale ».

Ça tombe bien : Zita n'a aucune envie d'être impolie avec Pussycat et de finir coupée en rondelles dans une cellule de stase.

Elle baisse les yeux et tend avec lenteur sa main, paume tournée vers le sol.

Wormy est venu s'aplatir derrière elle ; le zoup a trouvé refuge entre ses pattes.

Ils sont pires qu'Alban, ces deux-là, se dit Zita.

La jeune fille non plus n'est pas rassurée ; seule, coincée dans l'obscurité avec un monstre extraterrestre... Mais elle n'en laisse rien paraître. Encore une leçon de son père : on ne doit pas montrer sa peur à un animal.

Pussycat lance à nouveau son curieux chant. Puis son museau s'avance. Rien que son museau ; son corps, lui, ne bouge pas.

Le bout de sa truffe entre en contact avec la main de Zita qui doit faire appel à toute sa volonté pour retenir un geste de recul instinctif.

L'animal semble fasciné par les ongles clignotants de la jeune fille. Il lui lèche les doigts. Sa langue est terriblement râpeuse. S'il le voulait, il pourrait facilement lui éplucher la peau, mais il est évident pour Zita qu'il n'a aucune intention de la blesser.

Enfin, le museau se retire et retrouve sa place dans le corps de Pussycat.

« Qu'est-ce que tu veux de moi ? » demande Zita à voix basse.

L'animal recule vers le fond de la galerie, mais sa queue continue à flotter dans la pénombre. Elle évoque à Zita un fil d'Ariane, un guide pour ne pas se perdre.

« Tu veux que je te suive, c'est ça ? Mais Papadoc m'a demandé de ne pas bouger d'où je suis... »

Tant pis. La curiosité de Zita l'emporte. Alban dirait que c'est mal. Papadoc prétend, quant à lui, que la curiosité est le carburant qui permet à l'humanité d'avancer. Donc, en toute logique, il ne sera pas fâché si Zita lui désobéit pour cette raison.

Elle se tourne vers Wormy et lui dit :

« Toi, tu restes là. »

Puis elle s'enfonce dans la galerie.

Wormy, qui n'obéit jamais à personne, et surtout pas à sa maîtresse, se lève et lui emboîte le pas. Le zoup, alourdi par tout le charbon qu'il a aspiré, vient se poser sur son dos. Le chien n'essaye même plus de le chasser.

Zita suit la queue que Pussycat laisse traîner derrière lui, troublée par le fait qu'elle n'arrive jamais à en voir l'extrémité. Elle finit même par se demander s'il y en a une. Cette bête est tellement singulière. Il se pourrait bien qu'elle possède une queue infiniment longue.

La galerie est de plus en plus étroite. Zita est obligée de se mettre à quatre pattes. Ses deux épaules frôlent les parois. Si ça continue, elle va se retrouver coincée, incapable d'avancer ou de reculer.

La jeune fille note avec inquiétude que la lumière émise par sa combinaison commence à faiblir. Elle n'ose imaginer ce qui se passerait si elle venait à s'éteindre. Ce serait comme être enterrée vivante.

Heureusement, après que Zita a franchi en rampant un passage à moitié obstrué, la galerie s'élargit. Elle peut à nouveau s'accroupir, puis se mettre debout. Elle parcourt encore une centaine de mètres et pénètre dans une caverne qui ne semble pas avoir été creusée par la main de l'homme.

« GOCO, appelle Zita à voix basse. Dis-moi dans quelle galerie je me trouve.

— Galerie non répertoriée dans les fichiers de la mine, mémère », répond le Grand Ordinateur. Sa voix, brouillée par des parasites, est presque inaudible. « Tu as découvert une nouvelle galerie. Tu as donc le droit de la baptiser. Une idée ?

— J'ai autre chose à faire que de la baptiser !

— Alors, je propose : *Galerie de la Brandade*. Je taraboule les nouvelles données dans le fichier. »

L'explosion a dû ouvrir une brèche vers un boyau ignoré des mineurs, une faille naturelle ou peut-être un terrier creusé par Pussycat.

Wormy choisit ce moment pour débouler avec son zouppilote.

Zita n'est guère surprise de le voir. Ce chien est encore plus mal dressé qu'un caniche gengis.

« Je t'avais dit de m'attendre », le gronde-t-elle.

Wormy réplique d'un jappement qui doit sans doute signifier : « Oui oui, cause toujours... » C'est en tout cas ainsi que Zita l'entend.

Elle reporte son attention sur la queue de Pussycat. Celle-ci se dresse au milieu de la caverne et semble disparaître dans le plafond. Zita lève les yeux et aperçoit la sortie d'un puits juste au-dessus de sa tête. Il n'a pas été foré par l'homme, car ses parois sont trop irrégulières.

Pussycat veut que je monte ? Mais comment je vais faire ? Je ne vais pas me servir de sa queue comme d'une corde, quand même...

Zita avise alors, sur le sol, une espèce de motte dont la forme lui rappelle vaguement quelque chose. Une mule robot ! De la main, elle commence à balayer l'épaisse couche de poussière qui recouvre la carcasse. Le zoup se détache de Wormy et flotte jusqu'à la jeune fille. Bien qu'il soit déjà repu, il ne peut pas résister à toute cette poussière en suspension, fine et légère comme il l'aime, avec une touche d'amertume et un petit arrière-goût métallique. Un délice pour un zoup.

L'animal achève de se remplir le ventre, puis se laisse tomber sur le sol, trop lourd pour pouvoir se maintenir en l'air. Mais la mule est à présent dégagée. Elle est bonne pour la casse. Seule une de ses pattes tient encore à son corps. Son cou est à moitié arraché. À l'intérieur, les circuits ont fondu.

Zita présume qu'elle a accidentellement basculé dans le puits, il y a sans doute plusieurs mois, voire plusieurs années de cela. Les dégâts qu'elle a subis sont irréparables. Peu importe : Zita ne s'intéresse qu'à son arrière-train, et celui-ci semble avoir tenu le choc.

Les secondes sont comptées. La combinaison ne luit presque plus.

La jeune fille remarque une trappe sur la croupe du robot. Mais aucune serrure ou commande tactile. Il doit falloir une clef électronique pour l'ouvrir...

« Taraboulerie de brandade de crottozut ! » improvise Zita pour exprimer son énervement.

Elle accompagne ce juron d'un bon coup de poing sur la carcasse de la mule.

Sous le choc, le métal rongé par la rouille se désagrège et sa main passe à travers la trappe.

Ses doigts touchent des objets en forme d'œufs. Du crottin antigravité. C'est ce qu'elle cherchait. Le réservoir n'en contient plus beaucoup. Tant pis : Zita ramasse tout ce qu'elle peut et jette ce butin vers le centre de la caverne.

Un léger ronronnement lui indique que le CAG commence à agir. Il n'y a plus qu'à attendre... En espérant qu'il y en ait assez pour lui permettre de remonter le puits.

La combinaison vient de s'éteindre. Maintenant, Zita ne dispose plus que de ses ongles lumineux pour s'éclairer. Autant dire qu'elle est plongée dans le noir.

Elle appelle Wormy, l'attrape par son collier, coince le zoup repu sous son bras et va se placer à la verticale du puits.

Dans le champ de gravité inversée, elle se sent devenir aussi légère qu'une plume.

Elle joint les pieds, saute en l'air et décolle du sol.

Normalement, la gravité inversée vous fait monter lentement, comme si vous étiez suspendu à un ballon d'hélium.

Mais là, Zita a l'impression d'avoir été éjectée d'un canon à plasma.

Ça va trop vite !

Beaucoup trop vite !

Elle a utilisé dix fois plus de crottin qu'il n'aurait été nécessaire.

Wormy pousse un couinement plaintif et continu. Le zoup en ferait autant s'il avait des cordes vocales ; au lieu de cela, il se contente de cracher de la poussière de charbon, achevant d'aveugler la jeune fille. Il vaut peut-être mieux, d'ailleurs. Ainsi, elle ne voit pas à quelle vitesse défilent les parois du boyau.

Zita est en train de tomber en chute libre.

Mais vers le haut !

Si l'on regarde le bon côté des choses, au moins, elle ne risque pas de s'écraser sur le sol.

Mais si l'on regarde le mauvais, elle est bien partie pour finir sa vie en compagnie d'un satellite de communication.

Et pour l'instant, c'est surtout ce mauvais côté des choses qui tracasse Zita.

Les trois kilomètres du puits sont remontés en moins de quinze secondes.

Et soudain, de la lumière.

Enfin ! pense Zita.

Son soulagement est bref, car elle continue à filer à la vitesse d'une bulle de transport sur une voie express. Un regard lui suffit pour reconnaître l'endroit où elle a émergé.

Le gouffre...

La jeune fille lève les yeux et pousse un cri de terreur. Un mégazoup, volant plus bas que ses congénères, se trouve pile sur sa trajectoire.

Elle le percute de plein fouet et s'enfonce dans sa peau caoutchouteuse. L'animal ne se rend même pas compte que quelque chose vient de le heurter.

Durant une seconde, Zita pense être tirée d'affaire. Mais la peau du mégazoup se retend brusquement et l'éjecte dans le vide.

La gravité autour de la jeune fille n'est plus du tout inversée. Cette fois, après être tombée de bas en haut, elle entame une chute plus classique, de haut en bas. À tout prendre, Zita préférait la première.

Wormy, qu'elle a lâché au moment de l'impact, l'accompagne dans sa dégringolade, plus ébouriffé que jamais.

Le petit zoup volette maladroitement au-dessus d'eux. Il voudrait tant porter secours à son nouvel ami — la fille, il s'en fiche, il n'y a que le chien qui l'intéresse —, mais il est bien trop lent pour le rattraper.

Zita voit le fond charbonneux du gouffre se rapprocher à toute vitesse. C'est le problème avec les chutes de haut en bas : le sol se rapproche toujours trop vite.

Dans une tentative désespérée, elle cherche sur sa combinaison un bouton qu'elle aurait raté la première fois. La radio se met en marche ; un mélange d'eau et de brandade de zoup déshydratée jaillit de son col et lui arrose le visage ; sur son torse s'affiche un film promotionnel vantant la qualité des diamants de Boule de Nuit ; enfin, ses pieds et ses dessous de bras sont aspergés de désodorisant.

Formidable, songe-t-elle. *Je vais m'écraser, mais au moins, je sentirai bon.*

Le sol n'est plus qu'à quelques mètres...

Une nuée de zoups s'échappe soudain d'une écoutille d'aération. Ils ont passé la matinée à aspirer du charbon dans la mine et sont pressés d'aller cracher leur trop-plein dans le ciel de la planète.

Zita et Wormy traversent l'essaim. La jeune fille essaye de s'accrocher aux animaux. Leur peau, trop lisse, n'offre hélas aucune prise. Zita rebondit d'un zoup à l'autre avant de s'affaler sur sol, le nez dans le charbon.

Elle se relève, encore toute surprise d'être indemne. Les zoups, qui poursuivent leur ascension comme si de rien n'était, ont ralenti sa chute et celle de son chien en agissant comme une multitude d'airbags.

Zita remet Wormy sur ses pattes — il n'y arrivait pas tout seul — et l'époussette.

« Tu as eu ta dose d'émotion pour la semaine, hein, mon pauvre Wormy... Moi aussi... »

À cet instant, des sirènes commencent à mugir, puis une voix synthétique annonce avec bonne humeur :

« Votre attention, s'il vous plaît... Ceci est une alerte à la grêle noire... Si vous vous trouvez à l'extérieur des installations, courez vous mettre à l'abri ou munissez-vous de votre parapluie d'acier réglementaire. Si vous n'avez pas de parapluie d'acier, nous vous rappelons que vous pouvez en faire la demande en remplissant le formulaire 342-T. La compagnie vous souhaite à toutes et à tous une excellente fin de journée. »

10

« J'en ai yotta marre de cette planète », grommelle Zita en courant vers l'entrée la plus proche.

Les premiers grêlons de charbon ont commencé à tomber. Zita en a déjà reçu un sur l'épaule, et une chose est sûre : ça fait mal ! Pour l'instant le gouffre est relativement préservé, car les mégazoups font office de bouclier. Mais les animaux, agacés de récolter des cailloux sur le dos, sont en train de s'élever vers les nuages tout en s'écartant les uns des autres.

La pluie de charbon devient de plus en plus drue.

Aux impacts sur le sol se mêlent soudain des claquements secs : des volets métalliques s'abaissent devant toutes les ouvertures et les coursives. L'entrée vers laquelle court Zita se ferme presque sous son nez.

La jeune fille tambourine des deux poings contre le volet et hurle, en vain :

« Ouvrez-moi ! Ouvrez-moi ! »

La grêle, qui a redoublé, couvre sa voix.

Zita recule pour se placer dans le champ d'une caméra de surveillance. Elle s'agite, crie, jusqu'au moment où elle se rend compte que l'œil de la caméra est lui aussi fermé par une paupière d'acier.

Un grêlon de la taille d'une pastèque lui frôle la nuque.

Elle s'aplatit contre le mur avec Wormy.

Une véritable avalanche de pierres tombe à présent du ciel. Zita se bouche les oreilles. Ses mâchoires se serrent avec tant de force qu'elle se demande si elle pourra un jour les rouvrir ou si elle sera dorénavant forcée de se nourrir par le nez — sur certaines planètes, il paraît que c'est très à la mode.

Un choc violent se fait entendre derrière le volet obstruant l'entrée. Une rangée de griffes crève le métal et le déchire sur toute sa longueur.

Pussycat vient de lui ouvrir le passage !

Zita pousse Wormy à travers le volet lacéré, puis s'y faufile à son tour après avoir agrandi la brèche à coups de pied.

Elle est à l'abri. Dehors, la grêle se déchaîne. Sur Boule de Nuit, on n'a pas vu pareille tempête de charbon depuis des mois.

Dans le couloir blanc, Zita n'a aucune peine à distinguer la queue de Pussycat qui traîne le long du sol comme un câble électrique. Elle n'a plus qu'à le suivre. Où va-t-il encore la mener ?

Une vieille expression terrienne lui vient à l'esprit : *se jeter dans la gueule du loup*. C'est idiot, quand on y réfléchit. Un loup n'a pas une gueule assez grande pour qu'on puisse s'y jeter. Par contre, un gobe-bœuf d'Alpha Lupi, ça, oui, sa gueule est largement assez grande, on pourrait même y construire une piscine.

Quoi qu'il en soit, l'expression est de circonstance.

La jeune fille remonte le couloir, le regard baissé. Elle croise un mineur qui contemple avec étonnement ce qu'il prend pour un tuyau.

« Qui a laissé traîner ça ? s'interroge-t-il à voix haute. On se croirait à bord du *Grafit III*. Quelqu'un va finir par se prendre les pieds dedans. »

Zita ne lui prête aucune attention et continue son chemin. La queue vire à droite. Zita fait de même. Ce couloir est celui qui mène à leurs appartements... et la queue de Pussycat conduit justement dans la chambre adamantine.

Le fauve a ouvert la porte, à sa manière, en la lacérant à coups de griffes. Elle était pourtant blindée.

Zita s'arrête sur le seuil et jette prudemment un œil dans la pièce. La première chose qu'elle remarque est l'étrange lueur verte qui semble émaner des murs.

Je laisse une chambre en diamant, et quand je reviens, je la retrouve en émeraude, songe-t-elle.

Pussycat est assis au bord du lit, la tête penchée et tordue, les oreilles rabattues. Deux de ses pattes se promènent sur le sol tels des chiots cherchant leur mère.

« Pourquoi tu m'as amenée dans ma propre chambre ? » lui demande Zita.

L'animal ne lui inspire plus la moindre peur ; de la pitié, plutôt. Elle fait un pas dans la pièce. Pussycat lève les yeux vers elle. Les patients de Roméolazar ont parfois ce regard plaintif. C'est celui d'une bête perdue, souffrante.

Une voix interpelle Zita à l'autre bout du couloir. Roméolazar arrive au pas de course, la blouse et les joues noircies.

« Papadoc ! »

Zita se jette dans les bras de son père. Ils se serrent l'un contre l'autre comme s'ils ne s'étaient pas vus depuis des semaines.

« Comment tu as su que j'étais là ? demande la jeune fille.

— J'ai demandé à GOCO de te localiser. Je t'avais pourtant dit d'attendre. Qu'est-ce qui t'est arrivé ? Comment as-tu réussi à sortir de la mine ?

— C'est grâce à Pussycat ! Il voulait que je le suive ! Il voulait m'amener ici ! »

Solea et Alban arrivent à leur tour. Le garçon a l'air... ou plutôt il n'a pas l'air, c'est cela le plus surprenant, pas l'air effrayé, pleurnicheur ou offensé. Il semble plutôt déterminé, et même furieux, dirait-on.

Zita n'en croit pas ses yeux.

« Tu aurais dû obéir à ton père ! lance-t-il sans préambule à la jeune fille.

— C'est écrit dans ton livre, je parie, lui rétorque-t-elle.

— Oui... Mais c'est pas pour ça ! C'est parce que, moi, j'ai eu peur qu'il te soit arrivé quelque chose de grave ! »

Alban marque un instant de silence. Puis son visage s'adoucit et il se met à rougir en regardant ses pieds.

Zita est presque rassurée de retrouver le garçon qu'elle connaît.

« C'est gentil de t'être inquiété pour moi », lui dit-elle.

À ces mots, les joues d'Alban virent à l'écarlate.

« Je ne... enfin... je ne m'inquiétais pas vraiment, bredouille-t-il. Et puis, on n'a pas le droit de s'inquiéter... C'est... mal... »

Zita soupire en levant les yeux au plafond, puis se tourne vers la chambre.

Pussycat s'est reculé dans le fond du lit. Sur le sol, ses pattes ont sorti leurs griffes. L'irruption du vétérinaire et des amis de Zita semble l'avoir effarouché.

« Papadoc, fais quelque chose, supplie la jeune fille. Il est malade ou blessé, je ne sais pas, mais il souffre.

— Je crains de ne pas être compétent, Zita...

— Comment ça ? Mais tu es le plus grand exovétérinaire de la galaxie ! Tu as sauvé des animaux encore plus bizarres que lui !

— Oui, mais eux, ils venaient de notre univers...

— Qu'est-ce que tu veux dire ?

— Pussycat vient d'un autre univers, d'une réalité parallèle. Comme toute cette planète. C'est pour ça que GOCO n'arrivait pas à compter les atomes dans le morceau de charbon. Parce que ceux-ci ne sont pas censés exister dans notre univers... Pas plus que cet animal. Je pense qu'il y a des milliers d'années, les deux réalités, la nôtre et celle de Pussycat, se sont... tamponnées. Cette planète est entrée dans notre univers. Elle a été exposée à une incroyable pression et à des températures extrêmes qui l'ont transformée en boule de charbon. Pussycat est la seule forme de vie à avoir survécu. Durant des siècles, il a dû rester emprisonné dans le cœur de la planète, comme dans une cellule de stase... Jusqu'à ce que les forages miniers le libèrent.

— Mais c'est quand même un animal, non ? s'exclame Zita qui ne supporte pas l'idée que son père renonce.

— Zita... Dans sa réalité, les lois de la physique sont différentes. Tout est possible. Peut-être que les objets tombent vers le haut...

— Oui, ben ça, je connais, dit la jeune fille.

— Peut-être que la force électromagnétique n'existe pas, peut-être que ce sont des protons et non des électrons qui tournent autour du noyau atomique...

— Peut-être que les pommes ont un goût de fraise, se hasarde à ajouter Alban.

— Peut-être que les garçons ont un cerveau, persifle Zita... Papadoc, c'est bien joli, tout ça, mais pourquoi est-ce qu'il est là, dans cette chambre ? Et puis, regarde les murs. Cette couleur... Et l'odeur de forêt. Qu'est-ce que ça veut dire ?

— Je l'ignore. »

Quand Roméolazar baisse les bras et se dit dépassé par la situation, sa fille se sent investie d'un devoir : celui d'agir à sa place, de trouver une solution, même la plus farfelue.

Ça ne marche pas à tous les coups.

Pour être sincère, ça ne marche presque jamais.

Mais tant pis !

Zita s'avance prudemment vers le lit. L'animal la regarde d'un œil farouche en lâchant de temps à autre un gazouillis qui pourrait aussi bien être une sorte de ronronnement qu'un avertissement.

« Ce n'est pas prudent, chuchote Roméolazar dans son dos, tu ferais mieux de le laisser tranquille... Zita, arrête-toi... Zita, s'il te plaît... »

Le vétérinaire fait mine d'attraper sa fille par l'épaule.

Aussitôt, le gazouillis de Pussycat se change en un sifflement strident et l'une de ses pattes bondit vers Roméolazar. L'attaque est fulgurante. Le bras du vétérinaire se détache de son corps et tombe aux pieds de Zita qui se met à hurler.

« Papadoc ! Ton bras ! Ton bras !

— Calme-toi, tente de la raisonner Roméolazar. Je n'ai pas mal. Je ne suis pas blessé. Regarde, il n'y a pas de sang. Il ne m'a pas coupé le bras, il l'a seulement... décohéré. »

Le vétérinaire garde bonne figure pour rassurer sa fille, mais, au fond de lui, il est frappé de stupeur. Ce n'est pas tous les jours qu'on se penche pour ramasser son propre bras comme si c'était une béquille ou un parapluie que l'on aurait fait tomber par mégarde.

Zita tente de reprendre le contrôle de sa respiration. Elle inspire, puis expire longuement en regardant son père soulever son bras et le glisser dans la poche de sa blouse où il disparaît tout entier.

« Mais... Mais... bégaye-t-elle, encore bouleversée. Tu crois que tu pourras le recoudre ? Ou t'en faire poser un autre ? J'en ai vu en promotion sur Cortex-Market. Ils avaient l'air bien. Peut-être pas de la bonne couleur, mais avec un peu de fond de teint...

— Mon bras n'est pas coupé, répète Roméolazar. C'est une sorte d'illusion d'optique.

— Ça a l'air yotta réel pour une illusion d'optique.

— Mon bras a été décohéré. Cela veut dire qu'il est en quelque sorte à cheval sur deux réalités. Je ne sais pas comment Pussycat arrive à faire ça, mais c'est sa manière de se défendre.

— Et ça va passer tout seul ? »

Le vétérinaire s'abstient de répondre, car, une fois de plus, il n'en sait rien.

Zita fronce les sourcils et se retourne vers Pussycat.

« Vilain ! » dit-elle en agitant le doigt comme si elle grondait Wormy.

L'animal baisse le regard. Il semble se rendre compte qu'il a mal agi.

Zita remarque que des images ont commencé à apparaître sur toutes les surfaces de sa chambre. On dirait des paysages vus à travers une vitre aux verres déformants. Il y a des arbres immenses qui tendent des branches chargées de feuilles nervurées et de lianes, des montagnes de mousse, des océans d'herbe. Tout est vert, même le ciel traversé de nuages de lichen et de nénuphars grands comme des îles.

Zita a la conviction que ce qu'elle voit est l'univers d'où vient Pussycat, un univers végétal constitué d'incroyables jungles de la taille d'une galaxie, de forêts s'étendant sur plusieurs années-lumière, de planètes d'humus et d'étoiles de mousse...

« Maintenant, je sais pourquoi Pussycat m'a fait venir ici, murmure Zita. Ce ne sont pas des images anciennes. C'est maintenant. Ce diamant est une fenêtre... Une fenêtre sur un autre univers... »

Elle reste un instant silencieuse, à contempler avec son père et ses amis ces visions d'une autre réalité.

Puis elle ajoute :

« Et une fenêtre, ça peut facilement devenir une porte, tu ne crois pas, Papadoc ? »

11

Roméolazar a plongé dans sa poche son bras encore attaché à son corps pour aller gratter le poignet de son autre bras. Il réfléchit intensément.

« Peut-être, oui, se dit-il tout bas, peut-être, en effet, pourquoi pas... Mais oui ! Oui ! Zita ! Parfois, tu es géniale !

— Seulement parfois ? » rétorque la jeune fille en esquissant un sourire.

Le vétérinaire se met à tourner sur lui-même. Il paraît que ça l'aide à raisonner.

« Nous sommes à l'intérieur d'un diamant, dans un espace de super-réfraction, le point tangentiel des deux univers... Si nous trouvions la bonne fréquence, ce serait comme ouvrir une fenêtre pour aérer la maison... Ce qu'il nous faudrait, c'est... »

Il s'arrête en faisant face à Solea.

« Un laser à électrons libres ! Est-ce que vous avez ça ?

— Yop, lui répond la mineuse. On s'en sert pour analyser la pureté des diamants.

— Allez m'en chercher un !

— Il faut que je remplisse un formulaire pour emprunter ce genre de brandade.

— Pas le temps ! On s'en passera !

— Mais si je ne suis pas la procédure, je risque de me faire renvoyer...

— Je vous jure que si quelqu'un vous fait le moindre ennui, il aura affaire à moi ! »

Solea marque un instant de réflexion, puis un large sourire se dessine sur son visage.

« J'aime votre façon de tarabouler les choses, dit-elle. Je vous ramène ce que vous avez demandé. »

Elle s'exécute. Arrivée au bout du couloir, elle tombe nez à nez avec Maurandjac accompagné de cinq agents de sécurité. Ces derniers ont l'air aussi gracieux que des gobe-bœufs d'Alpha Lupi trop longtemps privés de nourriture.

« Qu'est-ce qui se passe ici ? aboie Maurandjac. Pourquoi est-ce qu'on ne m'informe de rien ? Et vous, là, où vous comptez aller comme ça ? »

En entendant la voix artificielle du directeur de la mine, Roméolazar se précipite hors de la chambre.

« Ça va chauffer », soupire Zita.

Par sécurité, Alban se bouche les oreilles.

« Docteur Roméolazar, je... » commence Maurandjac.

Le vétérinaire ne lui laisse pas le temps de poursuivre. Il sort son bras coupé de sa poche et l'agite sous le nez de l'autre homme.

« Je ne suis pas d'humeur, Maurandjac, vraiment pas d'humeur ! Laissez passer cette femme, ou je vous colle mon bras dans la figure !

— Je vous rappelle que vous travaillez pour moi.

— Je ne travaille pour personne ! »

Pendant que les deux hommes se postillonnent au visage, Solea tente de forcer le passage. Les agents de sécurité dressent leurs matraques pour lui faire comprendre qu'elle a intérêt à ne pas insister.

« Vous êtes renvoyé ! jette le directeur à Roméolazar. Tous les gens qui sont dans ce couloir sont renvoyés !

— Euh... fait l'un des agents de sécurité. Même nous ?

— Non, pas vous, crétins !

— Ah, je me disais aussi... »

Roméolazar foudroie des yeux Maurandjac.

« Vous le saviez, n'est-ce pas ?

— Qu'est-ce que je savais ?

— Que Boule de Nuit vient d'une réalité parallèle. Et que,

par conséquent, vous n'avez aucun droit d'exploiter cette planète ! »

Maurandjac reste un moment interdit. Puis son visage redevient impassible et il décrète froidement :

« Docteur Roméolazar, je vous mets aux arrêts. J'en ai le pouvoir. »

Il fait signe aux agents de sécurité de s'emparer du vétérinaire. Roméolazar oppose une résistance farouche en distribuant généreusement des coups de bras. Solea vient en renfort. Elle ceinture l'un des hommes, le renverse sur le sol, puis s'élance sur un autre et l'assomme. Elle reçoit à son tour un coup de matraque qui l'étourdit et la jette à terre. Avec ce modèle, dit « à induction nerveuse », il n'est pas nécessaire de taper fort, un contact suffit. Mais les agents de sécurité de Boule de Nuit aiment faire du zèle.

Roméolazar finit par être acculé contre le mur.

« Déposez ce bras et rendez-vous ! » lui commande l'un des agents.

Depuis le seuil de la chambre adamantine, une voix pleine de fureur contenue retentit.

« Laissez mon père tranquille ! »

Zita s'avance dans le couloir. Elle n'est pas seule. Sa broche est avec elle. À sa droite, il y a Wormy, le plus trouillard des chiens de la galaxie, à sa gauche, Alban, le plus trouillard des garçons de la galaxie.

Mais ce ne sont pas eux qui incitent les agents de sécurité à baisser leurs matraques.

La broche de Zita a gagné un nouveau membre.

Pussycat.

Il marche en tête, sa queue tournoyant au plafond comme un lasso, ses pattes courant sur les murs en laissant au passage de longues traces de griffes.

« Vous cachiez la bête ! s'exclame Maurandjac. Docteur Roméolazar, vous êtes un irresponsable ! Un fou ! Jamais je n'aurais dû faire appel à vous ! »

Il se tourne vers les agents et rugit :

« Attrapez-la ! »

Les hommes obéissent, mais à contrecœur. Ils regrettent à présent que Maurandjac ne les ait pas renvoyés. Pour se donner du courage, ils poussent un cri, puis s'élancent, la matraque levée.

Alban se cache les yeux avec la main. Zita juge plus sage de l'imiter.

Durant quelques secondes, elle entend les agents s'exclamer :

« Mais où sont passées mes jambes ?

— Non ! Pas ma tête !

— Pourquoi je vois mes fesses, quand je lève les yeux ?

— C'est à toi, ce bras ?

— N'en profite pas pour me piquer mon pied !

— Je crois je vais m'évanouir... »

Zita écarte ses doigts pour jeter un œil dans le couloir. Les agents de sécurité y gisent, éparpillés en morceaux. On dirait un jeu de quilles. Leurs têtes, séparées de leurs cous, sont allées rouler à droite à gauche. L'une d'elles a fini sa course aux pieds de Maurandjac qui la regarde, le visage livide.

« Tout ça, c'est de votre faute ! lui lance la tête, bien vivante. Vous entendrez parler de mon avocat, je vous jure ! C'est un Perjakien ! Et vous savez que ces gars-là font cinq mètres de haut ! »

Pendant ce temps, Roméolazar aide Solea à se remettre sur ses pieds — elle a de la chance, ils sont encore attachés à ses jambes.

Puis il se tourne vers le directeur de la mine et lui dit d'un ton sec :

« Maintenant, vous me laissez travailler ! »

Maurandjac hoche nerveusement la tête. Le vétérinaire ajoute :

« Et rendez-vous utile. Rassemblez les morceaux de vos hommes avant que quelqu'un marche dessus. »

Le directeur s'empresse d'obéir, tout en affrontant les reproches et les menaces de procès des agents de sécurité.

Solea, vite remise de son coup de matraque, part en courant chercher le laser que lui a demandé Roméolazar.

Quand elle revient, serrant contre elle un long boîtier

métallique qui semble assez lourd, Maurandjac a fini de ramasser les morceaux de ses hommes de main. Les agents continuent à le houspiller, mais il ne les écoute même plus.

Les autres sont retournés dans la chambre. Solea est attendue avec impatience.

« Voilà votre laser, dit-elle. Qu'est-ce que j'en fais ?

— Posez-le sur la chaise et orientez-le vers le plafond, s'il vous plaît, la prie Roméolazar. Voilà, c'est parfait. Maintenant, nous allons le coupler à mon détecteur de décohérence. »

Le vétérinaire sort de sa poche l'appareil en question et le pose contre le laser. La connexion s'opère automatiquement entre les deux boîtiers. Un fin rayon s'échappe du laser, tandis que le détecteur entame ses calculs. Le rayon passe par les couleurs du spectre lumineux, du violet le plus sombre au rouge le plus vif. Les murs se teintent pareillement. Du sol au plafond, la chambre devient tour à tour améthyste, saphir, émeraude, rubis... Un magnifique spectacle.

Pussycat est retourné s'asseoir sur le lit. Il observe calmement, mais avec attention, le déroulement de l'expérience.

« Nous ferions peut-être mieux de sortir », suggère Roméolazar.

Alban n'a pas besoin de se le faire répéter deux fois... à la différence de Zita qui reste plantée là, subjuguée par les changements de couleur.

« Zita, il faut sortir ! lui répète son père.

— Oui oui... » répond-elle distraitement.

Sur le détecteur s'affiche enfin l'opération qui a rendu fou plus d'un mathématicien :

$$1+1=1$$

Zita commence à marcher à reculons vers la sortie. Elle est incapable de détacher son regard des murs de la chambre. Ceux-ci se sont peints d'une couleur indéfinissable, une couleur qu'elle n'a jamais vue, qui ne doit même pas avoir de nom.

Je vais l'appeler « couleur brandade », se dit-elle.

La lumière s'intensifie jusqu'à devenir aveuglante.

Son père l'appelle une fois encore. Sa voix paraît lointaine.

Un vertige saisit Zita. Elle ferme brièvement les yeux.

Quand elle les rouvre, elle est ailleurs.

Plus ailleurs que quiconque n'a jamais été.

12

Zita a l'habitude de voyager de planète et planète, presque d'un claquement de doigts. Elle sait s'adapter à toutes les conditions de vie qu'offre l'univers. Mondes à forte ou faible gravité, liquides ou gazeux, dont l'année dure une journée terrienne ou un siècle, mondes éclairés par plusieurs soleils ou bien plongés dans l'obscurité, planètes artificielles qui naviguent à travers l'espace comme des vaisseaux, planètes jumelles reliées entre elles par des champs d'astéroïdes, mondes creux, morts en surface, mais grouillants de vie à l'intérieur...

En compagnie de son père, elle a appris à bannir le mot « impossible » de son vocabulaire.

Pourtant, cette fois, il ne lui en vient pas d'autres.

Il y a encore une poignée de secondes, elle était dans une chambre en diamant, sept kilomètres sous la surface d'un planétoïde appelé Boule de Nuit.

Et maintenant, elle se retrouve projetée dans un autre univers.

Pas une autre planète, pas une autre galaxie, non, un autre univers !

Devant elle, se dressent des arbres dont les troncs pourraient supporter des villes entières. Leurs feuillages sont si énormes et denses qu'ils constituent dans le ciel de véritables lunes végétales. Et le ciel, d'ailleurs, n'est même pas un ciel, plutôt un tapis de mousse sans limites dans lequel poussent des plantes fabuleuses.

Zita ne saurait pas distinguer le haut du bas. Certaines lianes nouées aux branches des arbres tombent dans sa direction, mais d'autres grimpent vers les nuées de mousse. Des nénuphars géants flottent sans que rien ne les porte. Leurs racines bulbeuses pendent simplement dans le vide. Ces végétaux devraient jeter des ombres immenses sur le sol, tout comme les arbres ; la jeune fille n'en voit pourtant aucune, comme si la lumière était partout, comme si elle se confondait avec l'air.

D'ailleurs, comment un soleil pourrait-il briller, puisqu'il n'y a pas de ciel ?

Zita sent quelque chose toucher sa main. Elle baisse les yeux. Pussycat ! Il se tient à ses côtés, entier ! Ses pattes et sa tête sont rattachées à son corps. Il a retrouvé son état d'origine, celui d'un fauve élégant, gracieux, qui pourrait passer de loin pour une panthère noire. Sa queue est toujours aussi longue. Elle serpente à travers le paysage, contournant des bambous géants et des touffes d'herbe dont les feuilles pourraient faire des toboggans. Zita ne parvient toujours pas à en voir la fin.

« Alors, c'est chez toi ? » murmure la jeune fille.

Pussycat s'avance doucement vers un buisson de la taille d'une colline chargé de plusieurs variétés de fruits. Zita n'en reconnaît aucun. Délicatement, il croque dans une espèce de pomme d'un jaune très pâle à la peau couverte d'épines.

Pussycat est herbivore, se dit Zita.

L'animal revient vers elle, tenant dans sa gueule un second fruit qu'il dépose à ses pieds. En quelques coups de langue, il l'épluche de ses épines, puis se recule.

« Merci Pussycat, mais je n'ai pas très faim, tu sais. »

Zita prend peu à peu conscience de sa situation. Perdue dans une réalité parallèle dont elle ne connaît pas les lois, les dangers... Et plus que tout, elle ignore comment rentrer chez elle.

La jeune fille s'assoit sur le sol et prend sa tête entre ses mains. Des larmes se mettent à couler le long de ses joues. Elle a horreur de pleurer, pourtant.

Pussycat vient se coucher à ses côtés. Il semble désolé pour elle.

« Je ne reverrai jamais les gens que j'aime, sanglote Zita. Mon Papadoc, ma maman-cristal, mon chien, et même cet idiot d'Alban... »

D'une main tremblante, elle saisit le fruit que Pussycat lui a épluché et mord dans la pulpe juteuse. Comestible ou non, elle s'en fiche ! Elle a juste envie de sentir quelque chose de sucré sur sa langue.

Ce n'est pas mauvais. Alban serait content : ce fruit a la consistance d'une pomme et le goût d'une fraise.

Alors que Zita mâche en reniflant et en retenant des sanglots, Pussycat se redresse subitement. Ses oreilles frémissent et sa queue se met à onduler.

Il est aux aguets.

La jeune fille se demande quelle mouche l'a piqué. Et d'ailleurs, puisqu'on parle de mouche, elle se rend compte d'une chose à laquelle elle n'avait pas encore prêté attention : elle n'entend pas un son, pas un bourdonnement d'insecte, pas un chant d'oiseau, pas même le bruissement d'une plante agitée par le vent.

Si Pussycat n'était pas là pour lui prouver le contraire, Zita pourrait penser que cet univers est dépourvu de vie animale.

« Qu'est-ce qui te tracasse ? » demande-t-elle à Pussycat.

Celui-ci pousse un feulement aigu et montre les crocs.

Il se campe sur ses pattes, prêt à bondir, le regard rivé sur le buisson.

Zita a raison sur un point : Pussycat est herbivore.

Hélas, on ne peut pas en dire autant de la créature qui sort du buisson.

En la découvrant, Zita songe à un énorme lion, car sa silhouette évoque vaguement cet animal. La comparaison s'arrête là. Plutôt qu'un pelage, c'est une peau gluante, sur laquelle adhèrent des feuilles et des brindilles, qui le recouvre. De longs piquants lui tiennent lieu de crinière. Il possède dix petits yeux disposés en cercle autour d'une bouche ronde. Celle-ci semble dépourvue de dents, mais elle abrite une langue hérissée d'écailles tranchantes.

Après s'être entièrement extirpée du buisson, la créature se dresse sur ses pattes arrière et continue à avancer ainsi, comme un chien faisant le beau.

Zita se relève lentement. Elle doute que cette bête soit sensible à la fameuse « politesse animale », bien que son père dise toujours qu'il ne faut pas se fier aux apparences.

Tu parles...

La créature bondit soudain vers Zita. L'une de ses pattes, terminée par une pointe acérée, frôle le visage de la jeune fille qui s'est reculée juste à temps.

Pussycat bondit à son tour. Il plante ses griffes dans le ventre de la bête. La peau collante le retient un instant captif. Il parvient à s'en arracher, saute vers le sol, se retourne et s'attaque cette fois à la patte qui menaçait Zita.

Le plus étrange est que les deux animaux n'émettent aucun son, pas même un grognement.

D'un mouvement brusque, la bête monstrueuse se débarrasse du fauve et le projette dans le buisson. Pussycat y disparaît tout entier, à l'exception de sa queue.

Maintenant, Zita est seule face à la créature. Elle n'ose pas courir. D'ailleurs, ça ne servirait à rien : en deux bonds, la bête la rattraperait.

Faute de mieux, elle lui tend son fruit entamé, espérant ainsi l'amadouer.

Au lieu de cela, la bête entre dans une rage folle. Elle secoue sa tête en tous sens et darde sa langue meurtrière.

Il ne doit pas aimer les fruits, songe la jeune fille. *Cette fois, je suis fichue...*

Pussycat rejaillit du buisson. Lui aussi est très en colère. Sans attendre, il s'élance sur le dos de la créature et la laboure de ses griffes.

Zita serait bien en peine de dire qui va l'emporter dans cette lutte sauvage. Pussycat fait preuve d'un courage incroyable, mais son ennemi a l'air indestructible.

Soudain, elle sent qu'on la tire en arrière. Sa vision se trouble, les couleurs s'assombrissent. La dernière image qu'elle parvient à saisir est celle de la créature qui s'agite en essayant vainement d'arracher le fauve de son dos, et, derrière eux, la silhouette d'un autre animal juché au sommet du buisson, un animal de la même espèce que Pussycat.

Ensuite, elle se retrouve couchée sur un sol dur et froid, avec, en guise de ciel, un plafond blanc. Une langue, qui serait bien en peine d'éplucher un fruit, vient lui lécher la joue.

Elle appartient à Wormy.

Pour la seconde fois de la journée, Zita échange une longue étreinte avec son père. Et elle constate avec bonheur que ce dernier dispose de ses deux bras, ce qui est tout de même mieux pour faire un câlin.

« Comment tu m'as tirée de là ? l'interroge-t-elle.

— Quand j'ai vu que tu disparaissais avec Pussycat, j'ai jeté mon bras dans la chambre. L'idée m'est venue soudainement. Dès que Pussycat a regagné son univers, la décohérence a cessé. Les corps des gens que notre animal a coupés en morceaux se sont recollés. Et mon bras m'est revenu... avec toi !

— Papadoc, il faut y retourner ! Pussycat a des ennuis ! Il se bat avec une autre bête !

— Zita, soupire Roméolazar. Il a retrouvé son univers et les dangers de sa vie sauvage... C'est ainsi. Nous n'avons pas à intervenir.

— Mais Papadoc...

— Tu le sais parfaitement. »

De mauvaise grâce, la jeune fille en convient. Et puis, elle songe que Pussycat n'est plus seul, que d'autres animaux de son espèce habitent son univers. Zita veut y croire : il va gagner son combat !

Elle quitte les bras de son père et ressent le besoin de donner une accolade à tous ceux qui l'entourent. Elle commence par Solea, puis elle passe à Alban.

Le garçon est tétanisé. Quelqu'un le serre dans ses bras ! Une fille, en plus !

Il est au bord du malaise...

Roméolazar fait les cent pas dans le module médical. Il attend que la doctoresse en chef ait fini d'examiner Zita.

Maurandjac, les bras ballants et la mine défaite, le suit comme un zoup.

« Monsieur Roméolazar, gémit-il, je vous en prie. Soyez raisonnable. Si vous dévoilez la vérité sur l'origine de cette planète à ma compagnie, je suis fini... fini... Je devrai plier bagage et me trouver un autre travail.

— C'est le dernier de mes soucis », lui rétorque le vétérinaire.

Les deux hommes passent devant les cellules de stase.

Celles-ci sont vides à présent. Les mineurs et Gomlybas le chasseur ont été sortis de l'ambre. Ils se reposent dans une pièce voisine.

« Je vous donnerai des diamants, renchérit le directeur de la mine. Des tonnes de diamants ! »

Roméolazar écarte sèchement Maurandjac de son chemin.

« Une concession ! Toute la production d'un puits. Ça vous ferait un revenu annuel d'au moins...

— J'ai très envie, le coupe le vétérinaire, de vérifier que mon bras tient bien à mon épaule en vous collant un coup de poing.

— Vous oseriez ?

— Oh oui, il oserait ! » intervient une voix que Roméolazar ne connaît que trop bien.

Gomlybas s'avance vers les deux hommes. Deux de ses mains sont posées sur ses hanches, la troisième lui gratte le menton pendant que la quatrième lisse ses cheveux blonds.

Roméolazar lance au chasseur un regard à électrocuter un robot.

« Vous n'avez pas l'air heureux de me voir ? ricane Gomlybas.

— J'étais plus heureux de vous voir en plusieurs morceaux. Depuis que vous êtes entier, j'ai moins de plaisir...

— Vous ne changerez jamais, Roméolazar ! Bon, alors, dites-moi, messieurs, c'est vrai ce qu'on raconte ? Qu'il y aurait ici même une porte vers un univers parallèle ? Parce que si c'est exact, imaginez les safaris qu'on pourrait organiser ! Des tas de gens seraient prêts à payer une fortune pour aller chasser des fauves dans une autre réalité. Il y a beaucoup d'argent à se faire sur ce coup. »

Le vétérinaire plonge sa main dans la poche de sa blouse. À l'intérieur, c'est à nouveau le bazar. Il finit néanmoins par trouver ce qu'il cherche.

« J'ai un cadeau pour vous, Gomlybas...

— Un souvenir d'un univers parallèle ? demande l'intéressé.

— Pas exactement... »

Roméolazar lève la bombe qu'il vient de saisir et pulvérise son contenu à la face de Gomlybas. Il regarde ensuite d'un air satisfait le chasseur partir en courant à travers le module médical, ses quatre mains plaquées sur le visage.

« Ça brûle ! Ça pique ! Ça colle ! Ça pue ! hurle Gomlybas. Un docteur ! Un docteur, vite !

— Venin de zèbre-ortie, précise le vétérinaire à l'adresse de directeur. C'est très urticant. Mais après un bon rinçage ionique, ça ira mieux... Maurandjac, je vous propose un arrangement.

— Oui ? fait l'autre homme, plein d'espoir.

— Je garderai le secret sur Boule de Nuit, mais en échange, je vous demande de détruire la chambre adamantine.

— Vous êtes sérieux ? Vous me demandez de détruire le seul passage connu vers une réalité parallèle ?

— Absolument. Ainsi, aucun crétin du genre de Gomlybas ne risquera d'aller perturber l'univers de Pussycat. Et vous, vous garderez votre travail. Nous sommes d'accord ?

— Vous avez ma parole.

— Nous mettrons quand même tout ça par écrit avant mon départ.

— Vous ne me faites pas confiance ?

— Oh non... »

La doctoresse en chef sort avec Zita et Alban de la salle d'examen. Elle vient aussitôt rassurer Roméolazar.

« Votre fille est en bonne santé. Pas d'empoisonnement sanguin, pas de virus, pas de taux de radiation anormal. Juste quelques bosses et égratignures bénignes. Pour le garçon, je ne sais pas, il a refusé tous les examens, sauf celui de ses oreilles. Aucun problème de ce côté-là. »

La doctoresse s'écarte pour laisser passer Gomlybas qui continue à courir à l'aveuglette, le visage cramoisi.

« Allons bon, fait-elle. Qu'est-ce qu'il a encore, celui-là ?

— Vous devriez le remettre en cellule de stase avant qu'il se blesse », lui conseille Roméolazar.

La voix de GOCO résonne soudain par-dessus les hurlements de Gomlybas :

« Salut la broche ! Je vous taraboule l'info suivante : le *Grafit III* décollera avec trois heures de retard sur l'horaire prévu. Des hamsters de Burg ont démonté le grugeur. Voyez le bon côté de la pouille, ça vous laisse le temps d'aller manger une dernière brandade à la cafétéria.

— Chouette, lance Zita. Comme ça, je pourrai dire au revoir à Solea. Pour mes douze ans, elle a promis de m'offrir une foreuse ! Au fait, Papadoc, et pour Alban, qu'est-ce que tu as décidé ? »

Roméolazar se tourne vers le garçon et esquisse une moue à laquelle Alban répond par un regard suppliant.

« Nous n'allons pas le laisser sur Boule de Nuit. Les mineurs finiraient par le passer dans une broyeuse à charbon. On l'emmène.

— Yotta yop ! s'exclame Zita. Alors, Alban, tu es content ? »

Le garçon cherche la réponse à cette question auprès de ses pieds.

« Ben, dit-il prudemment, si j'avais le droit d'être content, je crois que je le serais. »

ÉPILOGUE

Comme après chacune de ses aventures, Zita aime passer une partie de la nuit la tête dans les étoiles, seule à seule avec maman-cristal.

Elle s'installe à la fenêtre de sa chambre, pose sur le rebord un laser de poche et l'oriente vers ce petit point qu'elle voit briller au-dessus de l'horizon.

En langage morse, par une suite d'impulsions lumineuses, elle lui raconte tout ce qu'elle a vécu. Ses messages mettent des semaines à parvenir à sa mère, mais elle s'en moque. Ce qui compte, c'est d'être là, avec elle, dans la nuit fraîche et silencieuse.

Tu sais quoi, maman ? Je suis allée dans un univers parallèle. Je te jure que c'est vrai. C'était à la fois très beau, incroyable et terrifiant. J'ai pleuré, tu sais. J'ai cru que je ne vous reverrais jamais, toi et papa, et Wormy... Enfin, je suis là, maintenant, et tout va bien... Ah, au fait, il y a un garçon qui dort dans ma chambre. Il s'appelle Alban. Ne t'inquiète pas, il a son propre lit. Je lui ai donné mon oreiller anticauchemar, parce qu'il n'arrêtait pas de pousser des cris au beau milieu de la nuit. C'est un vrai trouillard. On ne sait pas encore ce qu'on va faire de lui. Parce que, tu sais, il ne peut pas retourner dans sa famille. Par contre, il ne coûte pas cher à nourrir : il mange des croquettes pour chien et il boit de l'eau distillée... Moi, j'aimerais bien qu'il reste avec nous... Wormy aussi a ramené un copain. Un zoup. Il adore ma chambre, parce qu'il trouve plein de poussière à aspirer. Je crois qu'il est amoureux de Wormy... Et toi, comment ça va, là-haut ? Je viendrai te voir, bientôt. Papa est d'accord pour qu'on loue une navette. Comme ça, je te présenterai Alban.

Enfin, s'il ne s'évanouit pas pendant le voyage.

Retrouve bientôt
tes héros préférés dans :

ZOO COSMIQUE

L'ILLUSTRATRICE

L'AUTEUR

Jérôme Noirez est un auteur terrien non génétiquement modifié (il ne possède qu'un cerveau et ingère ses aliments par la bouche).

Il est en particulier connu pour sa fameuse trilogie du « Hamster de Burg » (*Rends-moi ça !* suivi de *C'est pas drôle*, et de *Où t'as planqué mon scaphandre, sale bête ?*) et pour son livre de cuisine traditionnelle terrienne : *Caniches en bocal et autres délices canins*.

Quand il n'écrit pas, il mène des études sur une enfant hybride, 50 % humaine, 49 % gengis et 1 % algue dont il s'est, paraît-il, inspiré pour créer le personnage de Zita.

Conception graphique : Delphine Guéchot

Imprimé en France par Pollina S.A en février 2020 - 93179D
Dépôt légal : septembre 2018
Numéro d'édition : 22982 / 03
ISBN : 978-2-226-40363-6

7

Des bandits préparent un mauvais coup… Élisabeth réussira-t-elle à les arrêter ?

8

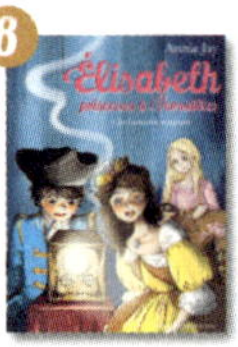

Le collier de Mme de Marsan a disparu ! Le lui aurait-on volé ?

9

Qui est Arabelle ? Pourquoi vit-elle recluse ? Élisabeth va tout faire pour le découvrir…

10

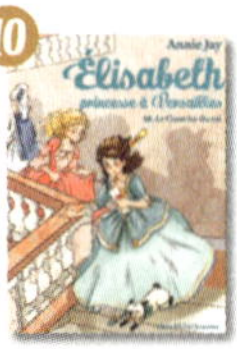

Un courrier du roi a été intercepté. Élisabeth parviendra-t-elle à le récupérer ?

11

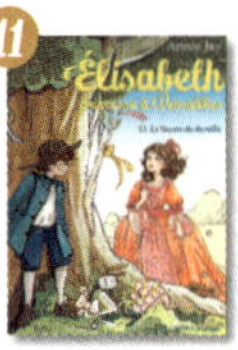

Élisabeth rencontre Bertille, une jeune fille à la recherche d'un trésor caché… Vont-elles le trouver à temps ?

12

En visite au musée du Louvre, Élisabeth se lie d'amitié avec une jeune peintre. Ensemble, elles essaieront de démasquer un faussaire !

13

Pour réconforter Élisabeth, des jeux équestres sont organisés à Versailles. Qui sera le grand vainqueur ?

14

Un petit garçon, disparu il y a des années, vient d'être retrouvé. Mais quelques détails clochent et Élisabeth s'interroge…

15

Une disparition et un intrigant message… Élisabeth part en quête d'indices pour démêler ce nouveau mystère.

16

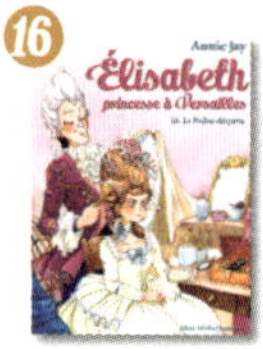

Entre deux bals à la Cour, un voleur de bijoux sème la pagaille…

Lis très vite les nouvelles aventures d'Élisabeth !

Tome 17 à paraître en septembre 2020.

Élisabeth
princesse à Versailles

Nous sommes en 1774, Élisabeth a 11 ans et c'est la petite sœur de Louis XVI. Orpheline de bonne heure et benjamine de la fratrie, Élisabeth est la chouchoute de la famille et elle sait en jouer. Avec sa grande amie, Angélique de Mackau, elle va être amenée à résoudre bien des intrigues à la Cour de Versailles.

1

Élisabeth et Angélique mènent l'enquête à la Cour de Versailles pour résoudre le vol d'un précieux tableau.

2

L'heure est grave, Colin, le jeune valet d'Élisabeth, est accusé de vol. Comment prouver son innocence ?

3

L'enquête continue pour Élisabeth. Parviendra-t-elle à retrouver le tableau disparu? Mais attention, Maurice rôde...

4

Alors qu'à Versailles tout le monde se prépare pour le grand bal, Biscuit, le petit chien d'Élisabeth, disparaît mystérieusement...

5

Il neige à Versailles ! Élisabeth ne s'est jamais autant amusée. Mais qu'est devenu le frère de Margot, la petite orpheline ?

6

Des visiteurs à Versailles ! Élisabeth réussira-t-elle à apprivoiser Éclipse, la jument offerte par l'ambassadeur de Libye ?

ces visites à la Maison royale de Saint-Cyr. Devenue adulte, elle décida même de payer l'éducation de six jeunes filles chaque année !

Cette prestigieuse école disparut à la Révolution.

La maison royale de Saint-Cyr

En 1686, Mme de Maintenon fonda à Saint-Cyr la Maison royale de Saint-Louis. L'épouse secrète de Louis XIV souhaitait donner aux demoiselles pauvres de la noblesse une bonne éducation et la possibilité de se marier, grâce à une dot de 3 000 livres donnée par le roi.

Les pères de ces jeunes filles étaient pour la plupart morts à la guerre ou s'étaient ruinés au service du pays. Celles-ci venaient de toutes les régions de France. Âgées de 7 à 20 ans, elles étaient réparties en quatre classes : les rouges de 7 à 10 ans, les vertes de 11 à 13 ans, les jaunes de 14 à 16 ans, et les bleues de 17 à 20 ans. Chacune portait une ceinture de la couleur de sa classe.

Saint-Cyr reçut de nombreuses princesses. Ainsi, Marie-Adélaïde de Savoie, mariée au petit-fils de Louis XIV, y passa de longues journées à étudier, mais aussi à jouer avec des petites camarades de son âge. Les filles de Louis XV y allèrent de temps en temps, mais n'y furent pas éduquées.

Clotilde et Élisabeth y furent souvent reçues. Élisabeth garda toujours d'excellents souvenirs de

Chapitre 11

Les larmes montèrent aux yeux de Bertille. Elle acquiesça de la tête et s'empressa de cacher sa main dans un pli de sa robe. Au creux de sa paume, il y avait le petit couteau pliant de Théo, ce petit couteau dont elle avait toujours rêvé...

Dufour fronça les sourcils avant de répondre, dépité :

– Bien sûr que non. Je vous crois.

Puis, regardant le magot, il respira un grand coup, sourit, et proposa d'un ton trop aimable pour être honnête :

– Je suis un excellent homme d'affaires. Si vous le souhaitez, je peux placer l'argent qui vous reste. Nous nous partagerions les bénéfices...

– En escroquant de pauvres gens ? railla Bertille. Comme vous l'avez fait avec nous ? Non, monsieur, nous ne mangeons pas de ce pain-là.

Mme de Taillevent se leva.

– Ma fille a raison. Disparaissez. J'ai respecté ma parole, vous avez vos 9 000 livres.

Et elle déchira le papier qu'elle s'apprêtait à signer. Dufour salua et sortit. Ils écoutèrent ses pas décroître dans l'escalier, puis ils se mirent à sauter de joie !

Chapitre 11

Trois jours avaient passé. Ce lundi 14 août, Clotilde, Élisabeth et Angélique se rendirent à Taillevent en compagnie de Mme de Mackau.

Par chance, Guillaume allait mieux. Il était tout heureux de pouvoir monter à cheval pour les escorter avec Théo, même s'il boitait encore.

– Pourvu qu'elle accepte de retourner à Saint-Cyr, pria la sous-gouvernante, tandis que le carrosse s'arrêtait devant le pont-levis.

Un serviteur vêtu d'une veste noire les accueillit.

– Mme de Taillevent vous attend, leur dit-il aimablement. Permettez que je vous montre le chemin…

– Vous êtes nouveau ? s'étonna Élisabeth.

– Point du tout, Madame. Je travaillais déjà ici avant le décès de M. de Taillevent. J'ai dû partir, à contrecœur, à cause des problèmes de notre maîtresse. Mais, hier, elle m'a proposé de reprendre ma place. J'ai accepté aussitôt, tout comme la femme de chambre et le jardinier.

Les toiles d'araignées avaient disparu, la poussière aussi. Dans l'air flottait comme un parfum de bonheur.

Mme de Taillevent plongea dans une profonde révérence.

– Je suis bien heureuse de vous voir, leur lança-t-elle avec un grand sourire. Bertille est prête. Bertille ! appela-t-elle. Viens dire bonjour !

Elle soupira et poursuivit :

– Dieu qu'elle est sauvage !

Le bruit d'un froufrou les fit se retourner.

– Ça alors, souffla Théo.

Une ravissante jeune fille brune entrait, cheveux coiffés en chignon. Elle portait l'uniforme de Saint-Cyr, une robe marron agrémentée d'une large ceinture verte, la couleur de sa classe.

– Quel changement ! s'étonna Élisabeth. Vous êtes méconnaissable !

Le visage de Bertille vira au rouge. Elle regarda ses pieds et ronchonna :

– Le premier qui rit, je lui...

– Hum, la rappela à l'ordre sa mère.

Puis elle se tourna vers ses invités pour annoncer :

– Après avoir discuté avec ma fille, nous avons décidé qu'elle retournerait à Saint-Cyr... Enfin, si on accepte de l'y reprendre.

– Vous avez fait le bon choix, les félicita Mme de Mackau. Ma chère enfant, ajouta-t-elle pour Bertille, la directrice voulait vous renvoyer, mais Mesdames Élisabeth et Clotilde ont plaidé votre cause. Je vous y accompagnerai moi-même tout à l'heure.

Bertille sourit et s'empressa de remercier :

– Je saurai me montrer digne de votre confiance.

– Je suis heureuse de voir que les choses vont mieux pour vous, reprit la sous-gouvernante. Si je puis me permettre, madame, qu'allez-vous faire de votre fortune toute neuve ?

Mme de Taillevent se mit à rire.

– Il nous reste 300 pièces d'or. C'est à la fois beaucoup et fort peu. Il y a ce qu'il faut pour vivre décemment, mais pas assez pour envisager un avenir serein. Si nous gardons la moitié de la somme, Bertille pourra avoir une petite dot qui, ajoutée à celle que nous donnera le roi à la fin de ses études, lui permettra de se marier.

Sa fille sursauta et protesta :

– Je n'ai aucune envie de me marier ! Ma place est ici, auprès de vous. Lorsque je sortirai de Saint-Cyr, je gérerai notre domaine et vous pourrez vous reposer...

Sa mère la fit taire d'un geste.

– N'oublie pas que cette terre a toujours connu des Taillevent. Si tu n'as pas d'enfant, plus tard, à qui reviendra-t-elle ?

Bertille se mordit les lèvres avant de reconnaître :

– Vous avez raison. Je suis la vingt et unième génération. J'espère qu'il y en aura d'autres après moi.

– Eh bien, lança Mme de Mackau à la jeune fille, il est temps de partir pour Saint-Cyr.

Faute de place dans le carrosse, Mme de Taillevent préféra rester au château. Une demi-heure plus tard, ils s'arrêtèrent devant la Maison royale.

Bertille, qui se trouvait assise près de la portière, fut la première à descendre. Théo l'aida galamment, tandis que Guillaume s'occupait des autres passagères. Voyant l'air angoissé de la jeune fille, il la tira à l'écart pour lui glisser :

– Mme de Mackau a raison, vous avez fait le bon choix. Mme de Boyrie nous a dit que vous étiez très intelligente, même si vous collectionnez les punitions. Vous apprendrez vite à tenir des comptes et à gérer votre domaine.

Bertille fronça les sourcils.

– Peut-être. Mais en attendant, ma mère est seule. Elle risque d'être de nouveau à la merci d'escrocs comme ce Dufour.

– Ne craignez rien. Nous nous occuperons d'elle. Plus personne ne lui fera de mal.

– Oui mais, ronchonna-t-elle, qui ira voir nos paysans au moment des récoltes, si ce n'est moi ? C'est pour cela que je m'habille en garçon, pour qu'ils me respectent !

– Vous êtes ravissante aussi en fille, je vous assure, lui souffla Théo. Et je vous respecte autant en jupe qu'en pantalon.

– Cessez de vous moquer, monsieur. Je me sens gauche avec une robe.

– Je ne me moque pas. Je le pense vraiment.

Comme Élisabeth s'approchait, Théo se tut. Bertille, guère à son aise, poursuivit :

– J'ai promis à ma mère de devenir une élève parfaite.

– Ne le soyez pas trop, lui demanda Élisabeth. Je vous aime bien avec votre petit grain de folie…

– … et mon caractère de cochon ? termina Bertille, qui éclata de rire.

– Je n'osais pas vous le dire !

Mais la porte s'ouvrait derrière elle. Mme de Boyrie, souriante, attendait la pensionnaire. Les trois jeunes filles embrassèrent « Taillevent » et lui souhaitèrent bonne chance. Puis Théo s'avança pour lui dire au revoir. Il lui tendit la main et serra la sienne fermement, comme il l'aurait fait à un camarade.

– Prenez-en soin, chuchota-t-il afin de ne pas être entendu des autres.